AF185901

Tucholsky  Wagner  Zola  Scott  Sydow  Freud  Schlegel
Turgenev  Wallace  Fonatne
Twain  Walther von der Vogelweide  Fouqué  Friedrich II. von Preußen
Weber  Freiligrath  Frey
Fechner  Fichte  Weiße Rose  von Fallersleben  Kant  Ernst  Frommel
Richthofen
Engels  Fielding  Hölderlin
Fehrs  Faber  Flaubert  Eichendorff  Tacitus  Dumas
Eliasberg  Ebner Eschenbach
Feuerbach  Maximilian I. von Habsburg  Fock  Eliot  Zweig
Ewald  Vergil
Goethe  Elisabeth von Österreich  London
Mendelssohn  Balzac  Shakespeare  Dostojewski  Ganghofer
Lichtenberg  Rathenau  Doyle  Gjellerup
Trackl  Stevenson  Hambruch
Mommsen  Tolstoi  Lenz  Droste-Hülshoff
Thoma  Hanrieder
Dach  Verne  von Arnim  Hägele  Hauff  Humboldt
Reuter  Rousseau  Hagen  Hauptmann
Karrillon  Garschin  Gautier
Damaschke  Defoe  Hebbel  Baudelaire
Descartes  Hegel  Kussmaul  Herder
Wolfram von Eschenbach  Dickens  Schopenhauer  Rilke  George
Bronner  Darwin  Melville  Grimm  Jerome
Campe  Horváth  Aristoteles  Bebel  Proust
Bismarck  Vigny  Barlach  Voltaire  Federer  Herodot
Gengenbach  Heine
Storm  Casanova  Tersteegen  Gilm  Grillparzer  Georgy
Chamberlain  Lessing  Langbein  Gryphius
Brentano  Lafontaine
Strachwitz  Claudius  Schiller  Kralik  Iffland  Sokrates
Katharina II. von Rußland  Bellamy  Schilling
Gerstäcker  Raabe  Gibbon  Tschechow
Löns  Hesse  Hoffmann  Gogol  Wilde  Gleim  Vulpius
Luther  Heym  Hofmannsthal  Klee  Hölty  Morgenstern
Roth  Heyse  Klopstock  Goedicke
Luxemburg  Puschkin  Homer  Kleist
La Roche  Horaz  Mörike
Machiavelli  Kierkegaard  Kraft  Kraus  Musil
Navarra  Aurel  Musset
Nestroy  Marie de France  Lamprecht  Kind  Kirchhoff  Hugo  Moltke
Nietzsche  Nansen  Laotse  Ipsen  Liebknecht
Marx  Ringelnatz
von Ossietzky  Lassalle  Gorki  Klett  Leibniz
May  vom Stein  Lawrence  Irving
Petalozzi  Knigge
Platon  Pückler  Michelangelo  Kock  Kafka
Sachs  Poe  Liebermann  Korolenko
de Sade  Praetorius  Mistral  Zetkin

Der Verlag tredition aus Hamburg veröffentlicht in der Reihe **TREDITION CLASSICS** Werke aus mehr als zwei Jahrtausenden. Diese waren zu einem Großteil vergriffen oder nur noch antiquarisch erhältlich.

Symbolfigur für **TREDITION CLASSICS** ist Johannes Gutenberg (1400 — 1468), der Erfinder des Buchdrucks mit Metalllettern und der Druckerpresse.

Mit der Buchreihe **TREDITION CLASSICS** verfolgt tredition das Ziel, tausende Klassiker der Weltliteratur verschiedener Sprachen wieder als gedruckte Bücher aufzulegen – und das weltweit!

Die Buchreihe dient zur Bewahrung der Literatur und Förderung der Kultur. Sie trägt so dazu bei, dass viele tausend Werke nicht in Vergessenheit geraten.

# Die Jahrzeit

Leopold Kompert

# Impressum

Autor: Leopold Kompert
Umschlagkonzept: toepferschumann, Berlin

Verlag: tredition GmbH, Hamburg
ISBN: 978-3-8424-0860-9
Printed in Germany

# Leopold Kompert

## Die Jahrzeit

(1865)

In einer mondhellen Sommernacht vermochte sich manches schlaftrunkene Auge in der ›Gasse‹ nicht zu schließen. Ein Hund bellte ohne Unterlaß. Schon brach das graue Dämmerlicht des Morgens an und noch immer schien das wachsame, von einer seltsamen Unruhe aufgestörte Thier das Ende seiner nächtlichen Klagen nicht finden zu können. Galten sie dem leuchtenden Gestirne am Himmel? Waren Diebe in irgend ein Eigenthum der Gasse geschlichen? Erst allmälig, fast ersterbend, fast als ob der Hund die ganze seiner Thierseele innewohnende Beredsamkeit bis auf den letzten Laut erschöpft hätte, verscholl das schmerzlich gezogene, grauenhafte Heulen. Aber so lebendig wirkte die Erinnerung an die Schrecken dieser Nacht in allen Gemüthern, daß beinahe in jedem Hause, dem der Schlaf fern geblieben war, die erste Frage am frühen Morgen überall fast gleichmäßig lautete:

»Was hat Jacob Löw's Hund heute Nacht nur gewollt? Es muß etwas Besonderes über ihn gekommen sein.«

Resel, das ›fromme‹ Weib, das in der Nachbarschaft jenes Hauses, woher die Unruhe gekommen, ein krankes Kind zu warten hatte, und daher besonders übler Laune war, meinte sogar mit dem Ausdrucke tiefster Erbitterung:

»Da kann man gewahr werden, was bei uns, leider Gottes! ein reicher Mann ist und ein armer. Wo hat man's schon gehört und erlebt, daß ein armer Mann sich einen Hund halten darf? Aber weil Jacob Löw Geld hat und die Leute ihm schuldig sind, darf er sich einen Hund halten, der ›Gewaltnik‹! Seinetwegen muß so ein krankes Kind die Augen offen halten und kann nicht schlafen. Pfui über die ganze Gemeinde, daß sie dazu schweigt und läßt den Hund

5

bellen, wie er will! Aber heutzutage giebt's keine Leut' mehr. Sie fürchten sich vor Jacob Löw und fürchten sich vor seinem Hund. Ich sollte die Gemeinde sein, so sollte der ›Gewaltnik‹ sehen, ob mir so ein Hund die Nacht verstören darf Aber es giebt jetzt keine Leut' mehr.«

Es gab eine Zeit, und sie ist noch nicht gar zu fern, da lauteten die Äußerungen über Jacob Löw wesentlich anders. Wer damals den Ausdruck ›Gewaltnik‹ von ihm gebraucht hätte, den hätte man mit nicht weniger verwunderten Blicken angesehen, als wenn er der Meinung gewesen wäre, Adler und Taube seien leibliche Geschwister. Auf demselben Hofe, der jetzt den mürrischen Wächter des Hauses, jenen schlafstörenden Hund, beherbergte, tummelten sich fröhliche Knaben, und das Herz wurde Einem weit und offen, wenn man schon in der Ferne ihre aufjauchzenden Kinderstimmen vernahm! Alles lebte, glänzte und leuchtete gleichsam an diesem Hause; besondere Engel schienen es zu hüten. Nirgendwo gab es schönere Kinder; ihre Wangen waren von einer so durchsichtig feinen Röthe überhaucht, dabei glänzten ihrer Aller Augen in einem so eigenthümlich leuchtenden Schimmer, wie man Ähnliches gesehen zu haben sich nicht erinnerte. Ach! die rothen Wangen und die glänzenden Augen, sie tragen die Schuld davon, daß dieses Haus jetzt in so grauenhafter Verödung da liegt, dessen einzige Bewohner ein alter Mann, jener ›Gewaltnik‹, Jacob Löw, und sein Hund sind!

Fünf Knaben waren es; aber keiner von ihnen hat das dreizehnte Lebensjahr erreicht. Wenn sie an die Grenzscheide dieses Alters traten, schien es, als ob über den heitersten, von Sonnengold überfluteten Himmel plötzlich eine schwarze Wolke streiche. Die Wolke senkte sich immer tiefer, immer schwärzer herab – wenn sie vorübergezogen, war das Kind todt. Dieses Ereigniß trat stets mit einer so erschreckenden Schnelligkeit ein, daß man das Kind, dessen Wangen gestern noch in vollster Lebensblüthe leuchteten, nach einem Monate, ja oft schon nach einem viel kürzeren Zeitraume, draußen auf dem ›guten Orte‹ zur ewigen Ruhe bettete. Eine tückische Krankheit, die keine Kunst vorhergesehen, keine zu bewältigen vermochte, bei Jedem unter einer andern Form auftretend, als wollte sie jeder Wachsamkeit schon im Voraus Hohn sprechen, raffte erbarmungslos die Knaben hin; sie wären ›beschrieen‹ worden, meinte der fromme Wahn; sie seien mit einem zu ›kurzen Athem‹

6

auf die Welt gekommen, klügelte nachträglich die Weisheit der alten Frauen. Am zu kurzen Athem! Die Leute ahnten nicht, daß sie da einen Witz machten, wo er ihnen gewiß nicht auf den Lippen saß.

Wenn Jacob Löw am Freitag Nachmittage von seinen Geschäftsreisen sein Haus betrat, dieses gesegnete, vom Hauche lieblicher Weiblichkeit gleichsam durchwärmte Haus – denn damals schaltete und waltete noch darin seine Frau – da empfand er jedesmal ein wehmüthig freudiges Gefühl. Fünf lockige Knabenhäupter drängten sich unter seine Hände, damit er sie segne; Eines wollte dem Andern zuvorkommen; er hatte sie alle in einem dichten Knäuel beisammen. Nicht als ob ihn schon damals die Ahnung durchzuckt hätte, in diesen herrlichen Kinderblüthen liege ein böser Wurm! Im Gegentheil! Im Vollgenusse des Anblickes, der ihm das Herz schwellte, dachte er an sein eigenes Sterben. Er mußte denken:»Siehe! wie dein Gott dir es so schön eingerichtet hat! Wenn du einmal von dieser Erde fortgehst, oder dein Weib, dann haben wir nach uns diese fünf prächtigen Knaben gelassen, und die sagen uns ›Kadisch‹ nach!«

Es ist dies jenes seltsame, von Geschlecht zu Geschlecht, von Jahrtausend zu Jahrtausend überkommene Gebet, das, in der Sprache des alten Zion lautend, einen wesentlichen Bestandteil des täglichen Gottesdienstes bildet. Sein Ursprung ist geheimnißvoll; Engel sollen es vom Himmel herabgebracht und die Menschen gelehrt haben. Um dieses Gebet schlingen sich die weichsten Fäden kindlichen Empfindens und menschlichen Erinnerns; denn es ist das Gebet der Waisen! Wenn Vater oder Mutter stirbt, sollen es die nachgelassenen Söhne täglich, am Morgen und am Abend, im Gotteshause durch das ganze Trauerjahr, und dann am jedesmaligen Todestage, oder, wie er in der Sprache der ›Gasse‹heißt: ›zur Jahrzeit‹, sprechen, denn es wohnt ihm eine gar wunderbare Kraft inne. Aus dem Munde von Waisen klingend, sprengt es die Gräber und sagt den todten Eltern, daß ihr Kind ihrer gedenke; dann tritt es unmittelbar vor Gottes Thron und bittet dort um den ewigen Frieden der Dahingeschiedenen, um Schonung und Barmherzigkeit!

Fürwahr! wenn es irgend ein Band giebt, stark und unauflöslich genug, um Himmel und Erde an einander zu ketten, so ist es dieses

Gebet! Es hält die Lebenden aneinander und bildet die Brücke in das geheimnisvolle Reich des Todes. Fast könnte man sagen, dieses Gebet sei der Hüter und Wächter des Volkes, von dem allein es gebetet wird; in ihm liegt die Bürgschaft seiner eigenen Fortdauer. Kann ein Volk untergehen und in das Nichts zerstäuben – so lange ein Kind seiner Eltern gedenkt? Welche Stürme, welche Fäulniß und Verderbniß müßten vorangegangen sein, welche Mächte müßten an dem Baue eines Volkes genagt und gerüttelt haben, der auf dem Felsengrunde der ›Familie‹ ruht?

Es mag seltsam klingen. Mitten aus dem Taumel der wüstesten Zerstreuung hat dieses Gebet der Erinnerung manches verwilderte Gemüth aufgeschreckt, daß es sich besann und wenigstens für kurze Zeit im Andenken an die todten Eltern sich gleichsam heiligte. Solch ein Gemüth überkommt es dann mit Schauern, wenn es die Wege überschaut, die es bisher gegangen, und sie mit denen vergleicht, die es gegangen wäre, wenn das Auge von Vater und Mutter noch über ihm leuchtete!

Eben weil dieses Gebet eine Wiedergeburt des am Menschen Vergänglichen im Geiste ist, weil es ein bloßes Sterben nicht zugiebt, weil es die Blüthe, die vom Baume der Menschheit welk abgefallen ist, im Gemüthe wieder auferstehen und sich entfalten läßt, – darum ist es von so heilkräftiger und heiligender Gewalt! Zu wissen: du stirbst, du trittst aus dieser ewigruhelosen, so hinfälligen Hülle in ein geheimnisvolles Jenseits, aber die Erdscholle, die über deinem Haupte rauscht und fällt, deckt dich nicht ganz; es bleiben solche zurück, die wissen, daß du gestorben bist, die, wo sie immer auf dem weiten Erdenrunde, ob im Gewande der Armuth oder im schimmernden Prunke des Reichthums sich befinden, dieses Gebet dir nachsenden; – zu wissen: du nennst keinen grünen Fleck in diesem Lande dein, du läßt ihnen kein Haus, keinen Hof und Acker zurück, daß sie dein gedenken müßten: dennoch bewahren sie dein Andenken als ihr theuerstes Erbe... unbedeutend, verachtet, eine Schaumblase, die du im Leben warst, erheben sie dich wenn du längst nicht mehr bist, zur Bedeutendheit... sie raffen dich aus dem Staube der Vergänglichkeit auf – wer wird nun Jacob Löws eigenthümlichen Gedankengang nicht begreifen und daß er ein Behagen darin finden konnt, fünf Knaben würden ihm einst ›Kadisch‹ nachsagen?...

Wir haben bereits erzählt, in welcher Weise im Laufe weniger Jahre eines nach dem anderen dieser blühenden Kinderhäupter dem Hause Jacob Löw's entrissen ward. In einer Reihe liegen sie auf dem ›guten Orte‹. Als der jüngste Knabe hinausgetragen ward, waren Jacob Löw und dessen Frau für diese letzte Heimsuchung fast stumpfsinnig geworden. Als hätten sie es miteinander verabredet, sprachen sie nicht von den Dahingeschiedenen; Beide wußten, daß ihre Wunde nach wie vor blutete. Nur zuweilen, namentlich wenn er am Freitag Nachmittage nach Hause kam, brach es aus seinem Gemüthe wie eine jäh aus todtgeglaubter Asche hervorbrechende Flamme hervor. »Der Mensch ist ein schöner Rechner«, pflegte er dann mit einem grauenhaften Lachen zu seiner Frau zu sagen. »Auf fünf habe ich gerechnet gehabt, und es ist mir kein einziger geblieben.«

»Der Mensch soll nicht rechnen!« rief dann jedesmal Esther, und sie allein wußte, wie schwer sich dieser Trost von ihrer Seele losrang. »Der Mensch soll nicht rechnen und Gott vorzählen, denn er versündigt sich dadurch. Haben wir nicht unser Blümele?«

»Kann Dir ein Mädchen ›Kadisch‹ nachsagen?«

»Ihre Kinder werden es thun –«

»Und wenn auch sie... den kurzen Athem bekommt, Esther, auch sie? Was thust Du dann?«

»Ich rechne nicht, wie Jacob Löw...«, schloß sie gewöhnlich eine derartige Unterredung, und oft saß ihr dabei ein schmerzliches Lächeln auf den Lippen. »Im Gegentheil, ich rechne darauf, daß uns unser Blümele gesund und stark bleibt. Das einzige Blümele wird uns doch Gott lassen?...«

Und Esther hatte Recht. Das Kind wuchs heran und gedieh wie eine frische Waldpflanze. Auf den ersten Blick wurde man sogleich gewahr, daß Blümele von einem ganz anderen Schlage sei, als ihre so früh geknickten Brüder. Ihre Wangen leuchteten nicht in jenem trügerischen Roth, das bei jenen als Ausfluß vollblütiger Gesundheit gegolten hatte, und ihren Augen fehlte das verzehrende Feuer, das bei den armen Knaben nur so lange glühte, als der in ihrem Innern lohende Brand sich nicht selbst verzehrt hatte. Das Kind entwickelte sich ganz regelmäßig, fast unmerklich unter den Augen ihrer Eltern, die noch immer ihre Blicke nach rückwärts zu den Gräbern ihrer Knaben gerichtet hielten. Eines Tages war der von uns noch nicht vergessene Doctor Prager auf Besuch gekommen; denn seit dem Tode des letzten Knaben waltete zwischen ihm und den Eheleuten eine Art gegenseitiger Gespanntheit, wie sie in solchen Fällen sich gewöhnlich geltend macht. Jacob Löw namentlich empfand beim Anblick des Arztes jedesmal etwas wie jäh aufsteigenden Grimm; nicht daß er ihm etwa die Schuld an dem schweren Verhängnisse aufbürdete... aber gemahnte er ihn nicht stets an die, die er verloren, an die mit ihnen hinweggegangenen Hoffnungen, an Alles, was das Licht seines künftigen und überirdischen Lebens gebildet hatte? Andererseits war der Arzt zu feinfühlend, um öfters da einzusprechen, wo ihm, der die Sachlage mit seinem Gemüthe übersah, nur ein erzwungener Willkomm entgegentreten konnte.

So waren Jahre vergangen, ohne daß das Kind mehr als flüchtig ihm unter die Augen gekommen wäre, ja, es war ihm beinahe fremd geworden.

»Ist das Ihre Tochter?« fragte er stockend, während seine erstaunten Blicke an der lieblichen Gestalt eines siebenzehnjährigen Mädchens haften blieben.

Jacob Löw's Frau erbleichte, sie faßte krampfhaft nach der Hand des Doctors.

»Hören Sie vielleicht auch ihren kurzen Athem?« sprach sie leise.

Den Arzt übermannte eine tiefe Rührung, er mußte sich erheben und trat zu Blümele hin, der er lange in die Augen schaute.

»Ich bin nicht krank, Herr Doctor!« rief Blümele endlich lachend.

»Nein! So wahr es einen Gott giebt, Sie sind nicht krank!« rief der Arzt. »Und wenn menschliches Wissen die Anmaßung haben darf, etwas vorhersagen zu wollen, so sage ich nur das Eine: Du bist gesund, liebes Mädchen, gesund, wie es Eine nur sein kann, und wirst auch gesund bleiben.«

»Schwören Sie, Herr Doctor!« rief dazwischen Jacob Löw in einem Tone, aus dem der Arzt ebensogut wie die tiefste Erschütterung, auch einen gewissen Hohn zu vernehmen glaubte.

»Ein Arzt kann nicht schwören!« sagte der Doctor ernst; »aber er versichert, daß, soweit seine Kunst voraussetzen darf, Ihre Tochter... dem Geschicke Ihrer andern Kindern nicht anheimfallen wird.«

»Die armen, armen Knaben!« seufzte Jacob Löw, indem er sein Gesicht mit beiden Händen bedeckte.

»Rechnest Du schon wieder, Jacob Löw?...« rief Esther leise.

Da ließ er die Hände fallen, schwere Thränen rollten ihm über die Wangen. Dennoch lag's auf seinem Antlitz wie ein Sonnenstrahl. Er trat auf Blümele zu und schaute ihr lange in die Augen, dann fuhr er ihr mit der Hand über das glänzende, schwarze Haar und sagte mit einer Stimme, die dem Mädchen durch die Seele ging:

»Blümele! Du mußt ganz rechtschaffen, gut und fromm werden, denn Du bist jetzt die einzige, auf die ich rechne. Versprich mir das.«

Er streckte ihr seine Hand hin; nur zögernd schlug Blümele ein; sie tat es und empfand dabei einen kühlen Schauer. Jacob Löw sprach so sonderbar – und sie sollte etwas versprechen, was sie kaum verstand.

War es in Folge dieser Unterredung, aus der Jacob Löw den Trost geschöpft hatte, daß der Sturm, der sein Haus so schwer heimgesucht hatte, endlich vorübergezogen sei, oder etwas Anderes, genug, von diesem Tage an begann das Dasein für ihn einen neuen Reiz zu gewinnen. Er schien erst jetzt zu bemerken, daß die Anwesenheit einer siebenzehnjährigen Tochter in seinem so lange verdüsterten Gemüthe ein Licht auszustrahlen begann, auf das er schon ganz verzichtet hatte; er schien erst jetzt gewahr zu werden, wie wunderbar die Schönheit des Mädchens sich entfaltet hatte. Und so seltsam war die Veränderung, die mit ihm vorgegangen, so auffallend sein Benehmen, daß es selbst einem flüchtigen Auge nicht entgehen konnte. Er sprach jetzt selten oder fast gar nicht von seinen fünf Knaben, auf die er sonst ohne den geringsten Anlaß, selbst bei Gelegenheiten zu reden kam, die fernab von deren traurigem Geschicke lagen. That er es doch zuweilen, so brach er oft mitten in seinen Klagen ab und seine Augen suchten dann nach etwas; war Blümele zugegen, so blieben sie an ihr haften und um seine Lippen machte sich dann ein so behaglich sonniges Lächeln bemerkbar, wie es dort seit langer Zeit nicht gesehen worden war. Nie kam er von einer seiner Geschäftsreisen zurück, ohne daß er für Blümele irgend einen neuen Mädchenputz mitbrachte. Wenn ihm Esther zuweilen Vorwürfe machte, er ›verderbe‹ dadurch das Mädchen und mache es eitel, so konnte er mit einem seltsam befriedigten Lächeln ihr erwidern:»Esther, es wird ihr nicht schaden, wenn sie dabei nur fromm bleibt.« Und so fragte er auch jedesmal, bevor er das von der Reise heimgebrachte Geschenk Blümele einhändigte:»Blümele, bist Du in dieser Woche auch recht fromm gewesen?« worauf er, ohne die Antwort abzuwarten, ihr mit einer unerklärlichen Hast das glitzernde oder flatternde Angebinde zuschob.

Was ging in Jacob Löws Gemüthe vor? War darin wirklich eine neue Lebensknospe aufgebrochen? Esther schüttelte den Kopf oft bedenklich; sie begriff das verschwenderische Gebahren ihres Mannes gegen Blümele nur in dämmerhaften Umrissen. Daß er seine Freigebigkeit nicht zu bemeistern vermochte, weil er des Mädchens erst jetzt sich sicher glaubte, das sah sie ein; in welchem Zusammenhange stand dies aber mit der Frömmigkeit, auf die er stets einen so eindringlichen Nachdruck legte?

Blümele selbst fragte einmal ganz ernst die Mutter:»Mutter, was will der Vater stets mit seinem: Sei fromm, Blümele! Bin ich's denn nicht? Oder thue ich zuweilen etwas, was nicht recht ist?«

Esther besann sich lange, welche Antwort sie dem Kinde geben sollte. Dann sagte sie rasch:

»Es schadet nicht, wenn man stündlich und täglich zur Frömmigkeit gemahnt wird... und Dein Vater weiß es gewiß besser, als Du, warum er es so oft thut.« –

Blümele war von leicht rollendem Blut; derartige Antworten genügten ihr, und sie dachte nicht weiter nach. Jacob Löw hatte die Frage: ob sie fromm gewesen? so oft an sie gerichtet, daß sie ihr zuletzt zu einer Redensart wurde, der sie keinen tieferen Sinn unterlegte. Was sie zum ersten Male mit allen Schauern überfallen, das glitt im Laufe der Zeit von ihr ab, gleichgiltig und unbeachtet wie Alles, was durch gedankenlose Angewöhnung ein inhaltloser Schall wird. Schon hatte Blümele selbst jene Sicherheit erlangt, daß sie auf die gewohnte Frage ihres Vaters mit einem allzeit bereiten lächelnden Ja! antworten konnte. Sie wußte bereits, daß er keine andere Antwort erwarten wollte.

Seit einiger Zeit wurden die Geschenke Jacob Löws an Blümele immer reicher und glänzender; er schien keine Grenze seiner Freigebigkeit mehr zu kennen. Ganze Ladungen feiner Leinwanden und Seidenstoffe brachte er nach Hause und schob sie mit einer Miene tiefster Befriedigung seinem Kinde zu. Es gab reichere Mädchen in der ›Gasse‹, aber keines konnte es Blümele an Glanz und Fülle ihres Anzuges gleich thun. Allgemein hieß es: an jedem Sabbat erschiene bei Jacob Löw das ›Mode-Journal‹, denn da kam Blümele mit irgend einem neuen Aufputz, der die kühnsten Erwartungen ihrer bewundernden Gespielinnen übertraf. Alles stand dem Mädchen vortrefflich; selbst dem unscheinbarsten Bande verlieh die Art und Weise, wie sie es zu binden und tragen pflegte, einen eigenthümlichen Reiz.

»Mann«, sagte eines Tages Esther, als er noch reichlichere Geschenke, als er sonst brachte, vor Blümele hingelegt hatte, »Du thust nicht gut daran, daß Du Dein Kind an solche Dinge gewöhnst. Was soll sie in einigen Jahren zu wünschen haben, wenn Du ihr schon jetzt jede Lust, etwas zu wünschen, benimmst? Du kennst, glaube ich, das Herz der Frauen nicht ganz; wenn es zu voll und gesättigt ist von lauter Lust und Freudigkeit, überhebt es sich gerne und geht dann einen falschen Weg. Im Gegentheil! Weil das Weib zum Ertragen und Dulden, zu Schmerzen und Leiden geboren ist, muß man es frühzeitig gewöhnen, genügsam zu sein. So ein Herz muß immer eine kleine Tasche übrig behalten, wo es einen Wunsch oder eine Lust gern aufheben möchte... Wenn Du aber schon jetzt Dein Blümele gewöhnst, als wäre sie eine geborene Prinzessin, so sage ich Dir nur das Eine: Du thust nicht gut damit, Jacob Löw!«

»Jacob Löw ist im Stande, für sein Kind mehr zu thun, als andere Leute«, sagte er mit einem finstern Stirnrunzeln. »Warum habe ich nicht mehr als das Eine Kind?... Ich brauche mich nicht aufs Sparen zu verlegen.«

»Du übertreibst...«, meinte Esther ernst, »und verdirbst das Kind.«

»Narrele!« unterbrach sie mit einem Male Jacob Löw mit einem lauten Lachen, »glaub' doch nicht, daß ich auf meine alten Tage den

Verschwender und Flausenmacher spielen werde. Nichts liegt mehr abseit von mir, als dies... Wie alt ist denn unser Blümele?«

»Siebenzehn Jahre!« rief Esther mit einiger Bewegung.

»Siebenzehn Jahre!« spottete Jacob Löw mit zunehmender Lustigkeit, »und noch keine Ausstattung! Wenn *Du* nicht daran denkst, ist es nicht *meine* Pflicht und Schuldigkeit?«

Esther's Herz versagte für eine geraume Weile jeden Schlag; sie war bleich geworden und vermochte kein Wort über ihre Lippen zu bringen.

Keine Mutter hört ohne tiefes Erschrecken, daß über ihr Kind ein entscheidendes Wort gesprochen werde, bevor sie es selbst in ihrem Gemüthe zum Abschluß gebracht hat. Im ersten Augenblicke erscheint es ihr beinahe frevelhaft, daß eine andere Hand, als die ihre, den Zukunftsbau ihres Kindes berühre, weil sie selbst den ihr zunächst stehenden Gatten für zu täppisch und grobfühlend hält, um all' das nach jenem sichern Maße festzustellen und zu bestimmen, was ihr für das Glück des Kindes am zuträglichsten dünkt. Das war auch die Empfindung Esther's, und darum erschrak sie.

Nach eine Weile faßte sie sich und sagte fast unvernehmbar:

»Denkst Du denn schon daran...«

»Schon?« fragte er lachend, und mit einem pfiffigen Augenzwinkern setzte er sogleich hinzu:»Esther, ich habe ihn bereits.«

»Wen?« rief sie athemlos.

»Einen, auf den ich schon lange meine Augen geworfen habe«, sagte er, und seine Stimme klang fast zitternd,»Einen, wie ich ihn für mein Kind brauche und gerade so, als wenn ihn Gott eigens für uns und unser Blümele in die Welt gesetzt hätte. Denn er ist selbst ein frommes Kind, ehrt Vater und Mutter, und wird darauf sehen, daß unser Kind fromm bleibt und gut... und uns auch ehrt und nicht... vergißt, wenn wir nicht mehr da sind...«

Esther war durch die Sprache ihres Mannes, die in ihrem Gemüthe verwandte Töne anschlug, insoweit beruhigt worden, daß sie beinahe scherzhaft fragen konnte:

»Wer soll's denn sein? Halte mich nicht zu lange in der Spannung.«

»Du kennst ihn so gut, wie ich...«, sagte Jacob Löw langsam.»Es ist mein Bruderssohn...«

»Maier mit den vier Händen!...«, rief Esther, ja sie schrie es beinahe mit einer Heftigkeit, wie sie dieser Frau sonst nicht eigen war, und stand auf, um sich dann kraftlos wieder in ihren Sitz zurückzulehnen.

Es fiel Jacob Löw hart, in diesem Augenblicke seine Empfindung in Zaum zu halten. Die Zornesader auf seiner Stirne war furchtbar anzusehen; dennoch bezwang er sich.

»Daß doch alle Weiber in dem einen Punkte sich gleichen!« sagte er. »Vier Hände hat er, meinst Du; ich sehe an ihm nur zwei, und die schaffen rüstig und tüchtig, wie es ihm kein Zweiter in der Gasse nachthut. Ich weiß schon, was Du mit Maier's vier Händen verstehst... Weibergeschwätz und Narrethei! Mein Bruderssohn Maier ist Keiner von der jetzigen leichten Welt, und dafür sei Gott im Himmel gelobt und gepriesen. Möchte ich sonst an ihn gedacht haben? Ich will ihn gar nicht anders, als mit seinen vier Händen!«

Esther schwieg: Sie kannte nun die Gedankenfäden ihres Mannes, wie sie sich jetzt als ein vollständiges Gewebe ihren Augen darboten. Sie gehörte aber nicht zu den Frauen, die in solchen Fällen ihr vermeintliches gutes Recht gleichsam auf einen Wurf stellen, der ihnen entweder vollständigen Gewinnst oder Verlust in Aussicht stellt. Vor der Hand schloß sie den Plan ihres Mannes in ihr Herz und drückte darauf das Siegel des Geheimnisses. Aber sie hörte ihn zu jeder Stunde des Tages in sich pochen – und wenn sie Blümele ansah, konnte sie sich einer unsagbaren Traurigkeit nicht erwehren.

Wir werden erst später sehen, daß Esther's Abneigung aus einer keineswegs dunklen Ursache entsprang, und sie sich deren vollkommen bewußt war. Esther wußte nämlich, daß ihre Tochter auf die einfache Frage: »Blümele, willst Du Dein Geschwisterkind zum Manne haben?«... mit einem lauten Gelächter antworten würde, denn Blümele lachte stets, wenn sie ihres Geschwisterkindes nur gedachte... und seltsam: Esther stimmte in diesem Punkte ihrer Tochter vollständig bei.

Jacob Löw's Brudersohn nämlich hatte wirklich das Unglück, mit zwei überflüssigen Händen, außer den ihm von der Natur verliehenen, ausgestattet zu sein. Von dem Lobe, das ihm sein Oheim ertheilte, brauchte kein Buchstabe weggeleugnet zu werden; es war kein Zweiter in der Gasse, der es ihm an Tüchtigkeit und Bravheit gleichgethan hätte, – aber nichtsdestoweniger stand die Thatsache fest und unverrückbar in aller Leute Überzeugung: Maier war vierhändig geboren.

Das war natürlich nur im figürlichen Sinne zu verstehen; es war ein Spaß, ein Spitzwort. Aber hat das die Leute, namentlich die in der ›Gasse‹, die mit ihren scharfen Augen auf jede Unebenheit lauern, um sich ihrer als guter Beute zu bemächtigen, jemals abgehalten, das, was eben nur ein Witz war, alsbald in das Gewand der Wahrheit zu kleiden? Und Maier besaß nicht einmal eine solche Unebenheit. An ihm war Alles klein, so daß er nicht einmal unter das landesübliche Rekrutenmaß gestellt werden konnte; dafür hatten jedoch seine Arme eine Länge erlangt, die über alle Vorstellung ging. Sie waren so unförmlich lang, daß sie fast auf den Boden reichten; dabei hatte Maier die Gewohnheit, namentlich wenn er in Eifer und Zorn gerieth, mit seinen Händen so heftig zu arbeiten und sie mit einer solchen Geschicklichkeit zu gebrauchen, daß es in solchen Augenblicken wirklich das Ansehen hatte, als hätten sie sich vervielfältigt und als wären aus zweien... seltsam genug, vier geworden. Das war aber auch Alles, was sich unserm Maier Schlimmes nachsagen ließ. Sein Unglück bestand jedoch darin, daß dieses Schlimme zugleich lächerlich war, und dagegen sind die Menschen bekanntlich von einer nie versiegenden Unerbittlichkeit.

Das in Rede stehende Spitzwort war übrigens, merkwürdig genug! nicht in der Gasse, entstanden, es war eine fremde Erfindung, und zwar hatte es der Fabriksbuchhalter Jaques ihm aufgebracht. Es hatte früher in der Luft geschwebt, aber erst Jaques, der Buchhalter, hatte es zu sich herabgezogen und ihm Namen und Leben gegeben.

Jaques war ein Ungar... und, um es kurz zu sagen, der Abgott der gesammten Mädchenwelt in der Gasse. Er hatte einen prächtigen Kopf auf mit schwarzgelockten Haaren, dunkelblitzende Augen und glänzend weiße Zähne, dabei etwas hochmüthig aufgeworfene rothe Lippen, die ein herrlicher, nach ungarischer Weise aufgedrehter Schnurrbart überschattete. Jaques stellte sämmtliche junge Männer in tiefen Schatten; wo er erschien, da war es, als ob sich mitten unter allerlei niederem Geflügel ein Adler niedergelassen. Der ganze grelle Unterschied zwischen der träumerisch düstern Natur der Böhmen und der leidenschaftlich erregten, leichtblütigen, von einer heißern Sonne gleichsam durchglühten des Ungars trat hervor, wo Jaques erschien; und es ist leicht zu begreifen, wem der Sieg zufiel. Namentlich an Sabbatnachmittagen, besonders im Sommer und Frühlinge, war es, wo Jaques Gestirn in seinem vollsten Lichte strahlte. Da gingen die ›großen‹ Mädchen der Gasse in Begleitung ihrer Brüder, die Bräute mit ihren Bräutigamen auf den benachbarten Berg, wie die kleine, mit Birnbäumen bepflanzte, gleich hinter den Häusern der ›Gasse‹ aufsteigende kleine Anhöhe hieß. Man hatte von dort aus einen gar erquickenden Anblick; ringsherum waltete Friede und Stille, unten in den Wohnungen herrschte sabbatliche Ruhe. Das Gelächter und Plaudern der Mädchen konnte unten vernommen werden, ja, ein scharfes Auge konnte die einzelnen Gestalten, wie sie da unter einem mächtigen Birnbaume, ins weiche Gras hingebettet, saßen, leicht entdecken und benennen. Zuweilen wurde dieses Lachen so laut, daß es den Leuten, namentlich den Müttern, die draußen vor ihren Häusern saßen, wie ein Sonnenschein über das Antlitz fuhr, und Mancher meinte: »Gewiß ist der Ungar unter ihnen!« Und er war unter ihnen, denn, wenn er fehlte, war es droben auf dem Berge gar still und langweilig. Jaques gebrauchte gewöhnlich den Kunstgriff, daß er erst erschien, wenn sich die ganze Mädchenwelt vollzählig versammelt hatte. Wie leuchteten da die Augen auf, wie, färbten sich da die Wangen, – aber wie krampfhaft ballte sich auch manche Faust! Ohne noch eine Silbe gesprochen zu haben, war die Stimmung der Gesellschaft eine andere geworden. Und Jaques war jedesmal neu; sein Unterhaltungsstoff hatte eine unversiegbare Quelle, sie gab immer reines Wasser. Bald lehrte er die Mädchen einen neuen Tanz, bald ein neues Spiel, wobei er sich im Pfänderauslösen wahrhaft großartig zeigte, bald erzählte er ihnen etwas aus seiner Heimath. Mitten nach Böhmen zauberte er den ihm andächtig lauschenden Mädchen die meilenweiten, öden Pußten seines Vaterlandes vor, mit den darauf weidenden Pferden und den im Sturmesbrausen daherfliegenden Csikosen, die gelegentlich auf das edle Räuberhandwerk sich verlegten. Zuweilen brachte er einen Stock, der nach Art einer Flöte mit Blaselöchern versehen war, und den er ›Csakan‹ nannte, und pfiff darauf, wiewohl das eigentlich am Sabbat unstatthaft war, die schönsten ungarischen Lieder vor. Manchem Mädchen drängten diese traurig seltsamen Melodien Thränen in die Augen; aber wenn Jaques dies bemerkte, brach er schnell ab und brachte sogleich einen Spaß vor, der sie Alle wieder zu unauslöschlichem Gelächter hinriß.

An einem solchen Sabbatnachmittage veranstaltete Jaques einen Tanz, den er mit den Mädchen und den andern jungen Männern schon öfters probirt hatte. Blümele zählte sich seit Kurzem gleichfalls zu den ›Großen‹ und war zugegen; sie hatte ein neues, von ihrem Vater ihr heimgebrachtes Kleid an und in ihren schwarzen Haaren eine brennend rothe Schleife, die die merkwürdige Schönheit ihres Kopfes wunderbar hervorhob. Die Paare hatten sich bereits gebildet; Blümele war von ihrem Geschwisterkinde Maier aufgefordert worden, was sie auch angenommen hatte. Jaques, als Leiter der Unterhaltung, zugleich als Orchester, denn er sang auch die den Tanz begleitende Musik, hatte sich keine Tänzerin ausersehen. Da fiel sein Blick auf Blümele und ihren Tänzer Maier, der mit seinen langen Händen aus lauter Freude und Genuß wie mit Windmühlenflügeln um sich schlug.

»Wie?« rief Jaques, indem er seinen Arm in den des Mädchens legte, mit lachendem Munde, wobei seine rothen Lippen noch einmal so hochmüthig wie sonst glühten, »Wie? darf ich es zugeben, daß die schönste Blume in der Gasse mit einem vierhändigen Menschen tanzt?«

Die ganze Gesellschaft brach in ein schallendes Gelächter aus.

»Maier mit den vier Händen!« tönte es von allen Seiten.

»Wie verstehen Sie das... Jaques?« fragte Maier, am ganzen Leibe zitternd.

»Wie ich das verstehe?« rief der übermüthige Jaques. »Ich will Ihnen genau sagen, wie ich das verstehe. Messen Sie einmal zu Hause mit der Elle Ihre beiden Hände und Sie werden finden, daß sich ganz gut noch einmal so viel daraus machen läßt.«

»Jaques hat Recht! Jaques hat Recht!« kicherte und lachte es von allen Seiten.

»Blümele, willst Du mit mir nicht tanzen?« wandte sich Maier an sein Geschwisterkind, und sah sie mit seinen kleinen Augen beinahe flehend an.

»Ich sagte es Ihnen ja schon, daß sie mit Ihnen nicht tanzen darf«, rief Jaques und drücke verständlich genug den Arm des Mädchens.

»Willst Du mit mir nicht tanzen, Blümele?...« wiederholte Maier dringender. In seiner Stimme klang etwas, das einem weniger leichtsinnigen Mädchen geoffenbart hätte, es sei ihm um etwas mehr, als um die Gewährung eines Tanzes zu thun.

»Beim Tanze braucht man nur zwei Hände!« raunte Jaques dem Mädchen ins Ohr.

Da lachte Blümele hell auf; sie lachte so laut und heftig, daß ihr die rothe Schleife aus den Haaren fiel. Nun bückte sich Jaques rasch, ehe ihm ein Anderer zuvorkam, und befestigte sie dem Mädchen mit kunstgeübter, in solchen Dingen erfahrener Hand. Warum erzitterte Blümele's ganzes Wesen während dieser einfachen Dienstleistung? Warum erglühte sie bis an ihre weiße Stirne?...

Unserem Maier war es aber in diesem Augenblicke, als müßte er Blümele mit aller ihm innewohnenden Gewalt von Jaques' Seite wegreißen. Trotz seiner gewöhnlichen Sanftmuth war er jetzt ein gereizter, wilder Löwe. Er streckte seine beiden Hände gegen Blümele aus...

»Um Gotteswillen!« rief Jaques mit komischem Schrecken, indem er Blümele einige Schritte nach rückwärts zog. »Ziehen wir uns zurück, bevor es zu spät ist und er uns erdrückt; denn der ist wie eine Spinne, wenn sie eine Fliege verspeisen will.«

Da lachte Blümele noch heller auf, als vorher, und noch ehe sie sich recht besinnen konnte, was sie Maier sagen sollte, hatte Jaques die Melodie angestimmt und flog mit Blümele dahin; auch die andern Paare hatten sich in Bewegung gesetzt, und um den alten Birnbaum drehte sich das heiterste Leben.

Ahnte es Maier mit den vier Händen, daß in diesem Augenblicke die erste Masche jenes Netzes gewirkt ward, das sein Lebensglück... und bald auch das eines Andern, in sich aufnehmen und als willkommenen Fang dem Fischer: Unglück zuwerfen sollte? Ein unnennbares Weh durchzuckte den armen Jungen, wie er da an den Birnbaum gelehnt stand und zusehen mußte, wie sein Geschwisterkind Blümele in den Armen des glücklichen Jaques auf dem weichen Grase dahinflog...

Als Blümele von dieser sabbatlichen Unterhaltung nach Hause kam, glühten noch ihre Wangen im dunkeln Feuer heftiger Erregtheit, so daß Esther, eingedenk ihrer verstorbenen Knaben, erschrocken ausrief:

»Blümele, wie siehst Du aus? Du flammst ja...«

Blümele warf aber einen flüchtigen Blick in den Spiegel und sagte lustig:

»Jaques hat uns so gut unterhalten, Mutter... wir haben getanzt... und dann habe ich über unsern Maier so lachen müssen. Jaques hat gemeint, Maier ist mit vier Händen versehen... und das hat mir so besonders gefallen, weil Jaques Recht hat. Sieh' Dir ihn nur an, Mutter, und du wirst richtig finden: Maier hat vier Hände!...«

Damals wußte Esther noch nicht, welche Hoffnungen Jacob Löw auf seinen Bruderssohn Maier setzte.

In derselben Nacht hatte Blümele einen ganz sonderbaren Traum. Sie konnte lange nicht einschlafen; dann aber, als der Schlummer über sie gekommen, war es ihr, als tanzte sie mit Jaques noch immer unter dem Birnbaume auf dem Berge. Sie flog so federleicht hin und Jaques sang eine so schmelzende Tanzmelodie; dennoch mußte sie manchmal über die Schultern hinweg nach rückwärts sich wenden; denn dort, an den Stamm des alten Baumes gelehnt, stand Maier und streckte seine langen Arme nach ihr aus, und diese Arme wuchsen immer mehr zu einer entsetzlichen Länge an. Jaques aber riß sie immer weiter, der Tanzplan dehnte sich in unübersehbare Fernen aus... immer schöner und schmelzender sang Jaques... bis sie endlich ganz allein waren... Mit einem leisen Schrei wachte Blümele auf.

Noch mehre solcher Sabbatnachmittage waren dahingegangen, einer herrlicher als der andere; aber Maier war nicht mehr dabei erschienen. Wenn die lustige Mädchenschaar, Blümele in der Mitte, auf den Berg zog, stand er hinter den Fenstern seiner elterlichen Wohnung, die langen Arme fest auf den Rücken gedrückt – damit sie Niemand gewahr werde.

Das war die Zeit, wo Blümele fast an jedem Sabbate mit einem neuen Putze erschien, den ihr der Vater von den Reisen heimgebracht. Wie schön saß das unscheinbarste Bändchen dem schönen Mädchen, aber wie bestrickend klangen auch die Schmeicheleien, die Jaques ihr während des Tanzes in's Ohr raunte! Alle Andern, schon wußte das Blümle, hatten für sie nur Neid in den Herzen, – er allein, der schöne, gefährliche Jaques, war ganz Bewunderung. Jetzt wußte es Jaques so einzurichten, daß an jedem Sabbate unter den grünen Bäumen des Berges getanzt wurde. Unter dem Vorwande, daß Blümele für den nächsten Ball, den die junge Männerwelt gewöhnlich an einem der letzten Tage des Laubhüttenfestes veranstaltete, noch nicht genug in den neuesten ›Tanztouren‹ eingeübt sei, ließ er es nicht zu, daß Blümele von einem andern, als von ihm, ›engagirt‹ wurde. Dabei zeigten sich seine Talente von stets neuen Seiten; es war, als ginge ein versengendes Feuer von seinem Wesen, ja von seinem bloßen Hauche aus, daß nichts, was in seiner Nähe sich befand, davor bestehen konnte. In den Pausen, die er jetzt seltener als sonst eintreten ließ – denn es wurde fast in Einem fort getanzt – erzählte Jaques mit hinreißender Beredsamkeit, wie ganz anders es sich in seinem Vaterlande lebe, als in dem melancholischen Böhmen. Dort seien die Leute von einem ganz anderen Schlage als hier; sie seien wie Edelleute gegen die böhmischen Juden. Dort sei man nicht genöthigt, mit Pfennigen zu sparen, üppig fließe das Leben, Alles habe man vollauf, und der Wein, den man in Böhmen nur löffelweise den Kranken einzutröpfeln pflegte, der ströme dort in Bächen. Sein eigener Vater habe acht Pferde im Stalle stehen, mit denen er zu Markte fahre, denn ein kleineres Gespann anzuschirren, sei in Ungarn eine Schande! Er selbst habe seine Kindheit mehr auf dem Rücken eines Rosses, als bei den Büchern zugebracht; hinter ihrem Hause dehne sich die meilenweite Pußta aus, da sei er oft, nur in Begleitung ihres Knechtes János, auf einem ungesattelten Pferde stundenlang ohne Ziel und Absicht fortgeritten, über sich nichts als den blauen Himmel und unter sich die weite, wogende Fläche der Pußta! Hei! sei das ein Leben gewesen! In Ungarn, da sehe man erst, wie endlos und weit die Welt sei; in Böhmen sei sie aber schon beim nächsten Dorfe mit Brettern verschlagen... und die Menschen daselbst hätten denselben Charakter! Männer und Frauen seien sich in dieser Hinsicht ähnlich, es mangelte ihnen das Feuer und der Unternehmungsgeist, nichts sei in ihnen, gar nichts anzutreffen, als kalte Berechnung und herzloser Eigennutz!

Wenn Jaques sich in solchen Schilderungen seiner Heimat erging, da lächelte so Mancher ungläubig vor sich hin, aber Niemand hatte den Muth, ihm mit entscheidender Rede die verdiente Zurechtweisung zu ertheilen. In Blümele's Gemüth fielen aber seine Worte wie glühende Funken, die während eines Brandes vom Sturme auf das benachbarte Dach getragen werden. Das Wilde, Grenzenlose und Phantastische hob die Welt Blümele's aus den Angeln... die Verhältnisse, unter denen sie aufgewachsen war, schrumpften vor ihren Augen zusammen; sie fühlte sich entrückt, fortgerissen... und schon begann sich der Traum, den sie an jenem Sabbate geträumt, zur Wirklichkeit zu gestalten. Sie und Jaques befanden sich allein auf der Welt... sie tanzte mit ihm allein... rings schwanden alle Gestalten, die sie umgaben, zu bleichen, wesenlosen Gespenstern... schon vergaß sich Blümele so weit, daß sie zuweilen auf Jaques Schultern ihre Hand legte, auf die er dann, wenn er aufsprang und einen neuen Tanz veranstaltete, einen glühenden Kuß drückte.

Mit Riesenschritten ging Blümele's Liebesleben einer Entscheidung entgegen...

Wir sagten vorhin, daß Maier mit den vier Händen keinen Theil an jenen sabbatlichen Nachmittagsunterhaltungen mehr nahm. Das war jedoch nur zur Hälfte wahr. Wohl ging er nicht auf den Berg, aber gegen Abend, wenn er wußte, daß die Gesellschaft sich auf den Heimgang mache, schlich er auf einem Umwege, ungesehen, in ihre Nähe... um Blümele's Gewand wenigstens von Weitem flattern zu sehen. Einmal war er zu spät gekommen, die Mädchen und Jungen waren so eben die Anhöhe hinuntergestiegen, und er konnte nur ihr Lachen und Plaudern vernehmen. Aber dort, unter jenem weitschattenden Birnbaum, wo ihm von Jaques die fürchterliche Beleidigung angethan worden war, stand da nicht jemand? glänzte es dort nicht wie ein farbiges Kleid? Maier sah schärfer hin, seine Augen hatten eine wunderbare Sehkraft in diesem Momente erlangt... Nicht Einer stand unter dem Baume... es waren ihrer Zwei... und Blümele war die Eine und Jaques der Andere! Sie hielten sich umfangen und Blümele's Kopf ruhte auf den Schultern des schönen Jaques, und die Luft brachte ihr leises Flüstern an das Ohr des Lauschenden...

Mehr sah unser Maier nicht. Seine langen Hände wild um sich schlagend, rannte er spornstreichs die Anhöhe in die Gasse hinab. Athemlos blieb er vor Jacob Löw's Hause stehen. Wollte er verrathen, was er soeben gesehen? Ein wilder, nie gekannter Krampf, eine Leidenschaft, wie sie seiner sanften Seele bis dahin fremd gewesen, tobte durch sein Gemüth. Wer ihm in diesem Augenblicke in das verzerrte Gesicht hätte sehen können hätte sagen müssen: das ist nicht Maier, der ist ja um zehn Jahre jünger! – Aber es ging vorüber... Nur der ewige Weltgeist wußte, was in diesem gefolterten Herzen vorging, als sich Maier, hart an der Thürschwelle des Hauses, aus dem ihm einst die Seligkeit eines Liebesbundes entgegentreten sollte, mit den leise hingemurmelten Worten abwandte:

»Sie sollen es nicht wissen! Es ist zu spät!« –

So war der Sommer vergangen und die ›hohen Feiertage‹ nahten heran, die diesmal in den Anfang des Herbstes fielen. Am Vorabend des Neujahrsfestes, als der Gottesdienst eben beendet war, kamen, nach einem alten Brauche in der Gasse, sämmtliche Verwandte zu Jacob Löw, als dem anerkannten Oberhaupt der Familie, um ihm und Esther »ein gesegnetes gutes Jahr« zu wünschen. Auch Maier mit seinen Eltern war gekommen. Da zog Jacob Löw mit einem Lächeln des behaglichsten Wohlwollens, wie es seit dem Tode seiner Knaben nur selten um seine Mundwinkel sich verirrte, unsern Maier auf die Seite.

»Maier Leben«, sagte er, indem er ihn in das Ohr kneipte, »ich hoffe zu Gott, das Jahr wird für uns Alle ein gutes werden, für Dich so gut, wie für mich. Und wenn Du heute über ein Jahr wieder zu mir zum Wünschen kommst, da sollst Du mich nicht mehr Vetter nennen.«

»Vetter, um Gotteswillen!...« rief Maier erschrocken. Aber Jacob Löw schnitt ihm rasch das Wort ab, indem er ihm mit der Hand den Mund verschloß.

»Zum Erschrecken hast Du Zeit«, sagte er lächelnd, »wenn's an der Zeit sein wird. Ich glaube aber, sie ist nicht zum Erschrecken. Da! sieh' Dir sie an!...«

Er wies mit dem Finger auf Blümele hin, die, angestrahlt vom Scheine der vielen Kerzen, im vollen Glanze ihrer Schönheit dasaß. Wer wußte das besser, als eben Maier?

Zehn Tage darauf trat ein Ereigniß ein, so recht angethan, um mit seinem vollsten Lichte die Fügungen eines dunkeln Geschickes zu beleuchten.

Am Versöhnungstage, etwa gegen die zweite Nachmittagsstunde, als sich die Leute im tiefsten Gebete in der großen Synagoge befanden, erscholl plötzlich von der Rathhausglocke das Feuerzeichen. Im ersten Entsetzen rannte Alles zum Hause hinaus, die Männer in ihren Sterbekitteln, die Frauen todtblaß von Schrecken und Fasten, dazwischen die Kinder, die in diesem Augenblicke unbeachtet, heulend nach ihren Eltern suchten. Es brannte im Fabrikgebäude, dichter Dampf wälzte sich über die ganze Gasse. Wenn die Fabrik brannte, war kein Haus sicher. Dahin drängte und flutete nun Alles.

Als man auf dem Schauplatze des Brandes ankam, sah man zur innigsten Freude, daß die Hälfte der Rettung bereits geschehen war.

Jaques stand auf einem umgestürzten Wasserfasse und leitete mit kräftigem Commando die Löscharbeit, die von den zahlreichen Fabrikleuten pünktlich und gehorsam ausgeführt wurde. Mitten in diesem Thun unterbrach er sich, da er die vielen Männer in ihren Sterbekitteln vor sich sah, und rief von seinem erhöhten Standpunkte lustig herab:

»Nicht wahr, Leute, so was ist am heiligen Versöhnungstage erlaubt, dagegen kann der Talmud nichts einwenden?«

Jacob Löw, der ihm zunächst stand, schaute mißmuthig zu Jaques auf; denn ihn verdroß diese Rede am furchtbarsten Tage des Jahres, wiewohl Jaques anderseits eine wohlberechtigte Frage gethan hatte. Da bemerkte er, daß die glänzenden Lippen des Ungarn ein Geheimniß verriethen... Jaques mußte kurz zuvor, darauf wollte Jacob Löw einen Eidschwur ablegen, gegessen haben! Am heiligen Versöhnungsfeste! An des allmächtigen Gottes furchtbarem Gerichtstage!

Jacob Löw fühlte, wie ihm der Grimm zu Kopfe drang; aber er schloß ihn in sich. Die Stunde war nicht danach angethan, um seiner Empörtheit Ausdruck zu geben.

Bald darauf war der Brand erstickt, und die Leute kehrten, da mittlerweile der Abend hereingebrochen war, zum Schlußgebete in die Synagoge zurück.

Beim Nachtmahle jedoch wurde es sogleich klar, daß Jacob Löw des Ungars nicht vergessen hatte. Kaum hatte er einige Speise zu sich genommen, als er den noch vollen Teller weit weg von sich schob.

»Ich mein', es wird zu Gift in mir«, sagte er ingrimmig vor sich hin, »wenn ich noch einen Bissen zu mir nehme.«

Esther fragte verwundert und besorgt zugleich nach der Ursache dieser Rede.

»Ich ärgere mich nur, daß es solche schlechte Menschen giebt, die es nicht einmal über ihr verdorbenes Herz bringen können, dem heiligen Jom Kippur seine Ehre anzuthun. Kann so ein Hergelaufener sich nicht bezwingen und seinen gierigen Magen im Zaum halten an dem einen Tage im Jahre?«

Natürlich fragte Esther, wen er damit meine.

»Den Buchhalter meine ich«, rief er böse, »der in der Fabrik ist und sich ›Jaques‹ heißen läßt. Ist er kein Kind jüdischer Eltern? Hat ihn keine jüdische Mutter geboren? Aber ich habe es gut erkannt mit diesen meinen Augen: der Hergelaufene hat gegessen gehabt, hat sich gesättigt und gelabt, daß ihm von Fett ordentlich die Lippen getrieft haben.«

Esther bemerkte etwas zurückhaltend, man dürfe die Menschen nicht nach dem bloßen Scheine verurtheilen.

»Vertheidige ihn nur!« schrie Jacob Löw dagegen. »Mir aber regt sich die Galle gegen den Fremden, der sich untersteht, ein so schlechtes Beispiel in unserer Gemeinde aufzustellen. Was Allen heilig ist, denke ich, muß auch dem Einzelnen heilig sein! Und dann, Esther«, fuhr er mit immer höher steigender Erregtheit fort, »denke ich noch an ein Zweites. Wem Gottes Gebot nicht heilig ist, wie soll dem im gewöhnlichen Handel und Wandel etwas heilig sein! Meinst Du, wenn ich der Fabrikant bin, ich lasse mir von dem meine Bücher führen? Und doch! was sind Buch und Cassa gegen ein anderes, weit höheres Gut! Meinst Du, es werden sich nicht Eltern finden, gute jüdische Eltern, die auf Treu und Glauben, daß sie sich einen rechtschaffenen Schwiegersohn einsetzen, ihm ihr Kind, vielleicht ihr einziges Kind, anvertrauen werden? So, Esther, mußt du die Sache betrachten und nicht anders. An ein so geopfertes Kind mußt Du denken, wenn Du die ganze Schlechtigkeit dieses Menschen begreifen willst, und an die Kinder mußt du denken, denen er einmal Vater sein soll. Können und werden sie von Gott etwas wissen? – Sein Name soll unter uns nicht genannt werden!«

Ein leiser Schrei unterbrach ihn. Blümele war ohnmächtig geworden. Mit kreideweißen Wangen und geschlossenen Augen, die Arme schlaff herabhängend, hing sie in ihrem Stuhle.

Mit der den Frauen in solchen Fällen eigenthümlichen Geistesgegenwart sprang Esther ihrer Tochter bei. Sie sprengte ihr kaltes Wasser ins Gesicht, so daß Blümele nach einer kurzen Weile die Augen aufschlug.

»Um Gotteswillen!« rief Jacob Löw verzweifelnd, »soll sie uns denn auch krank werden?...«

»Sei ruhig, Jacob Löw!« beschwichtigte ihn Esther, indem sie mit ihrer Hand über die todtkalte Stirne Blümele's fuhr; »es wird nichts sein, das Kind hat sich nur überfastet.«

Es währte noch einige Zeit, bis Blümele zur vollen Besinnung gelangt war. Plötzlich stieß sie die Hand ihrer Mutter mit Gewalt von sich, so daß Esther einige Schritte zurücktaumelte. Mit einem herzzerreißenden Schluchzen sank sie vom Stuhle auf den Erdboden, raffte sich dann auf und stürzte zu Jacob Löw, dessen Knie sie umfaßte.

»Vater, Vater!« stöhnte sie aus der Tiefe ihrer Seele, »verstoß' mich nicht!«

Jacob Löw beugte sich liebevoll zu seinem Kinde herab; sein Herz war voll Traurigkeit; schon dünkte es ihn, die schwarzen Fittige jenes Engels über seinem Haupte rauschen zu hören, der fünfmal gekommen war, um die Blüthen seines Hauses zu brechen. War es noch nicht genug?

Esther selbst war seltsam bewegt; sie bemühte sich, Blümele vom Boden aufzurichten, und sprach ihr mit linden Worten zu, sich zu Bett zu begeben, um ihren aufgejagten Nerven Ruhe zu gönnen. Aber während Jacob Löw, der in dieser krankhaften Erregtheit nur die Anzeichen der nahenden Gefahr erblickte, ein Gleiches versuchte, schüttelte Esther bedenklich den Kopf Blümele brachte unter Schluchzen und Weinen nichts mehr als die Worte hervor:

»Vater, Vater Leben! verstoß' mich nicht!«

Endlich gelang es den Anstrengungen beider Eltern, ihr Kind insoweit zu beruhigen, daß es sich willig von der Mutter aufrichten und in die Kammer geleiten ließ. –

In der Nacht, die diesem Auftritte folgte, mochte etwas Entsetzliches in dem Hause Jacob Löw's vorgefallen sein! Keine lebende Seele ahnte es, keiner wurde es jemals ganz klar, welch' ein Verhängniß sich dort erfüllt hatte...

Früh Morgens, als der Gemeindediener seinen Gang durch die Gasse machte, um mit dem Klopfen seines Hammers das übliche

Zeichen zum Morgengottesdienst zu geben, fand er schon Jacob Löw in heftigster Bewegung vor seinem Hause auf- und niedergehen. Es war ein kalter Morgen und ein grauer Nebel wollte durch die Lüfte. Niemals, so erzählte später der Gemeindediener, könne er sich erinnern, daß ihn ein menschliches Antlitz mehr erschreckt habe, als das Jacob Löws um diese Stunde! Er habe doch viel schon mit Todten zu thun gehabt... so aber habe noch Keiner ausgesehen. Jacob Löw war in der einen Nacht ein alter Mann geworden. Auf die Frage, warum er so frühe sich um seine Ruhe gebracht, da er bis zum Beginne des Gebets noch eine halbe Stunde Zeit habe, hätte Jacob Löw ihn mit einem seltsamen Blicke angestarrt und dann gesagt: »Könnt Ihr mir nicht sagen, Wolf, ob der Fabrikbuchhalter Jaques schon aufgestanden ist?« worauf der Gemeindediener geantwortet:»Er wisse es nicht, und glaube es auch nicht, denn Jaques sei keiner von denen, die sich das Gebot zu Herzen nehmen, daß man am Tage nach Jom Kippur wegen des lieben Satans früher als sonst sich ›in Schul‹ begeben müsse.« Da hätte Jacob Löw die Hände über das Gesicht geschlagen und herzzerbrechend ausgerufen:

»Nicht einmal ein Kadisch ist mir geblieben!« –

Einige Tage darauf verbreitete sich ein seltsames, fast abenteuerliches Gerücht in der Gasse. Jaques, der Fabrikbuchhalter, und Blümele, Jacob Löws Tochter, waren Brautleute. Nicht einmal die nächsten Verwandten waren zur Verlobung geladen worden; sie war in aller Stille, mit einer gewissen Unheimlichkeit, vor sich gegangen.

Es mag wohl selten einen traurigeren Brautstand gegeben haben, als den zwischen Blümele und ihrem Jaques. Die Braut war fast niemals sichtbar; wenn sie erschien, versuchte sie wohl heiter und glücklich zu scheinen, aber ihre Augen verriethen gerade das Gegentheil. Auch Esther war nicht zu sehen; die Leute, die zur ›Gratulation‹ zu ihr kamen, wurden mit dem Bedeuten abgewiesen, die Frau leide fürchterliche Schmerzen. Selbst Jaques, der glückliche und von allen jungen beneidete Jaques, schlich trübselig einher; es schien wie Blei auf den Schwingen seiner sonstigen Lustigkeit zu liegen. Nur am Abend ging er in das Haus seines zukünftigen Schwiegervaters; aber dieser entfernte sich regelmäßig ohne Gruß und Gegenrede, sobald Jaques in die Stube getreten war.

Das Haus Jakob Löw's war von einem grauenhaften Banne umfangen.

Drei Monate darauf fand die Hochzeit statt.

Jacob Löw hatte die Vorbereitungen dazu mit einer an Wahnsinn grenzenden Hast getroffen. Die nöthige ›Heirathbewilligung‹ war vom Gubernium in Prag mit einer in jener Zeit fast wunderbaren Schnelligkeit herabgelangt, denn damals geschah es nicht selten, daß ein Brautpaar, das mit braunen Haaren den Verlobungsact unterschrieben, mit ergrauten unter den Trauhimmel trat. Aber Jacob Löw kannte Wege und Mittel, um an sein Ziel zu gelangen; er ebnete Berge von Schwierigkeiten und blies mit dem Hauche seiner riesigen Thatkraft alle ihm entgegenstehenden Hindernisse wie Kartenblätter um.

»Und wenn ich bis zum Kaiser nach Wien gehen müßte«, sagte er zuweilen, wenn er überhaupt sprach, zu Esther, »so fahre ich am heiligen Sabbat nach Wien. Die Räuber müssen mir aus dem Hause, die Diebe, die mir meinen einzigen Kadisch gestohlen haben.«

In dieser Stimmung brach der Hochzeitstag an.

Jaques mußte nach dem ausdrücklichen Willen Jacob Löw's vorher erklären, nach Ungarn heimzukehren. Die reiche Mitgift gab ihm die Mittel an die Hand, sich dort ein ›Geschäft‹ zu gründen.

Nicht in der Gemeinde, sondern draußen in einem benachbarten Dorfe wurde die Hochzeit gefeiert. Jacob Löw lud gleichsam nur als Zeugen zehn der ärmsten Leute, nebst einigen frommen Weibern dazu; die Verwandtschaft überging er ganz. Aller Prunk und Schmuck war ausgeschlossen; die Musik war abbestellt worden...

Ein grauenhaftes Bild gramvoller Schönheit bildete Blümele. Als kurz vor der Trauung das ›Bedecken‹ erfolgte, wie jene Ceremonie heißt, wenn der Rabbiner der Braut die goldene Spitzenhaube, als Zeichen, daß von nun diese Kopfbedeckung ihr Haar decken müsse, umwirft, sollte Blümele ihre Eltern um Verzeihung bitten, wie dies eine alte Sitte vorschreibt. Da ergab sich eine Scene, wie sie den anwesenden Leuten nachher nie aus dem Gedächtnisse schwand. Wie eine Rasende, heulend und weinend stürzte sie auf ihren Vater zu und stammelte zu seinen Füßen unverständliche Worte.

Jacob Löw stand aber unbeweglich da, nicht ein Muskel in seinem Antlitze regte sich, während Esther, den Tod im Gesicht, neben ihm saß und still vor sich hinweinte.

»Was willst du noch jetzt von mir?« sprach er mit anscheinender Ruhe. »Habe ich für Dich nicht gethan, was nur ein Vater thun kann... und noch mehr? Jetzt bist Du mein Kind nicht mehr, ich nicht Dein Vater. Der Markt ist zu Ende, die Rechnung ist abgeschlossen. Meinst Du, es wird mir so schwer fallen, Dich zu vergessen, wie Du Deine Eltern, vor Allem... Dich selbst vergessen hast? Ich könnte dir meinen Fluch auf den Weg mitgeben, aber ich thue es nicht. Wenn es Dir einmal schlecht geht, sollst Du nicht sagen können: Es geht mir schlecht, weil mich mein Vater verflucht hat. Segnen kann ich Dich auch nicht... man segnet die nicht, die das Haar ihres Vaters mit Schande bedeckt hat...«

Diese letztern Worte hatte er schon so leise gesprochen, daß sie nur Blümele's Ohr berührten. Es war das letzte Aufflackern einer Liebe, die das grauenhafte Geheimniß seines Hauses selbst jetzt noch, wo es fast offenkundig vor Aller Augen lag, nicht preisgeben wollte. Mit einem lauten Schrei stürzte Blümele von ihm fort und klammerte sich an Jaques, wie hilfesuchend.

»Und nun zur Chuppe (Trauung), Ihr Leute!« herrschte Jacob Löw.

Der Hochzeitszug setzte sich in Bewegung; die Trauung selbst fand in der angrenzenden Stube statt, wo der Trauhimmel aufgerichtet stand.

Bei dem darauf folgenden Hochzeitsmahle ging es still und einsilbig zu. Weder Jacob und Esther, noch das junge Ehepaar rührten eine der Speisen an; dagegen erwiesen die eingeladenen zehn armen Leute und die frommen Weiber den Genüssen der Tafel alle Ehre.

Nachdem abgespeist und das Tischgebet verrichtet worden war, stand Jacob Löw rasch auf und gab damit das Zeichen zum allgemeinen Aufbruch.

Da nahte sich ihm Jaques, seine junge Frau im Arme.

»Vater«, rief er, und es schien ihm Ernst, was er sprach, »haben Sie Erbarmen mit uns... Ich will ja Alles wieder gut machen...«

»Gut machen?« rief Jacob Löw mit furchtbarem Hohne, ohne den Schwiegersohn eines Blickes zu würdigen. »Ihr Kind wird für mich doch keinen Kadisch sagen.«

Dann ergriff er Esther's Arm...

»Komm', Esther, mein Kind!« sagte er, und seine gebrochene Stimme offenbarte erst jetzt, daß seine bisherige Fassung nur eine erkünstelte war. »Komm', lass' uns in unser stilles Haus zurückkehren. Was haben wir noch zu erwarten? Fünf Kinder haben wir bereits begraben, das sechste folgt ihm jetzt nach! Denk' Dir schon jetzt, daß wir Zweie einsam sterben werden, und Niemand wird dabei sein, als höchstens ein frommes Weib oder Einer von der heiligen Brüderschaft! Was braucht Dir aber daran zu liegen? Mit unserem Gelde werden wir eine Stiftung begründen, und da wird sich schon ein armes Waisenkind herbeischaffen lassen, das uns an unserer Jahrzeit Kadisch nachsagen wird... Und jetzt komm', Esther!...«

Er konnte es nicht verhindern, daß sich Esther von ihm loßriß.

»Blümele!« rief sie.

Minutenlang hielten sich die beiden Frauen umfangen; keine schien von der Andern lassen zu können. Endlich löste Esther die Umarmung. - - -

Eine Stunde später fuhr Blümele mit ihrem Manne in dem mit ihrer Ausstattung beladenen Wagen die Straße, die gegen Prag führt. Vom Riesengebirge her pfiff ein kalter Wind, rings dehnte sich die weite, schneebedeckte Landschaft. Die Bäume an der Straße schauerten in ihrer weißen Bekleidung, die ihnen der Winter, wie ein mitleidiger Räuber, statt des geraubten grünen Blättergewandes zugeworfen hatte. Als sie in die Nähe der steinernen Straßenpyramide kamen, wo die Wege sich kreuzen, da der eine ins nördliche Böhmen, gegen Sachsen, der andere nach Prag führt, sah Blümele dort eine Gestalt stehen, die im Zwielichtdunkel des Abends vom weißen Hintergrunde des Schnees eigenthümlich abstach. Sie schien Blümele zu winken, lange, endlose Arme gegen sie auszustrecken...

Der Wagen schoß aber rasch vorbei, da der Weg dort eine bedeutende Senkung macht.

Überschreiten wir einen Zeitraum von nahe sieben Jahren!

Es ist ohnehin in der engen Umfriedung unserer Geschichte nichts Anderes vorgefallen, als daß man eine arme Mutter indeß bei ihren vorausgegangenen Knaben zur Ruhe bestattet hat, daß Jacob Löw ein alter, einsamer und hartherziger Mann geworden – und daß Blümele verschollen geblieben ist!

Esther war einige Monate nach der Heirat ihrer Tochter gestorben. War es der Gram um den unheilbar zerstörten Frieden ihres Hauses, oder die nie zu stillende Sehnsucht nach der verlorenen Tochter – seit jener grauenvollen Nacht, die dem Versöhnungstage gefolgt, war sie in ihrem innersten Wesen gebrochen, das Leben in ihr fand keine Quelle mehr, aus der es neue Erstarkung sog. Als sie ihre letzte Stunde herannahen fühlte, hieß sie die ›frommen Weiber‹, die bei ihr schon mehrere Tage gewacht hatten, da ihrer Auflösung stündlich entgegengesehen wurde, aus dem Zimmer sich entfernen, und winkte ihren Mann zu sich.

»Jacob Löw!« sagte sie, sich mühsam erhebend, seine Hand mit ihrer bereits erkälteten berührend, »thue mir den letzten Gefallen...«

»Ich weiß, was Du reden willst, Esther«, sagte er tief traurig, »rede darum lieber nichts.«

»Verzeih' ihr, Jacob Löw! Verzeih' ihr!« rief sie, und ein leuchtendes Roth höherer Erregtheit flog vorübergehend über ihre blassen Züge.

»Red' nicht weiter, Esther!« brachte Jacob Löw mühsam hervor. »Soll ich Dir eine Lüge als Wegzehrung in die jenseitige Welt mitgeben? Das Kind hat mir zu viel angethan!«

»Merkwürdig, merkwürdig!« meinte Esther nach einer guten Weile, während sie die zu einem längern Sprechen nöthige Kraft erlangt zu haben schien...»Daß doch gerade solche Eltern am meisten böse auf ihre Kinder sind... wenn sie selbst die Schuld haben, daß diese Kinder nicht gerathen sind.«

»Esther!« rief Jacob Löw.

»Lass' mich reden, Mann! Es ist ohnehin mein Letztes. Ich bleibe bei dem, was ich gesagt habe. Du hast sie verdorben, indem Du sie zu plötzlich und unvorbereitet auf den Weg des Eitlen und Nichtigen geführt hast... und ich, Jacob Löw... ich war ein Weib! Mir hat es nicht recht geschienen, daß unser Blümele einen Mann bekommen soll, über den man lacht... und so habe ich geschwiegen... und verschwiegen, was ich nicht hätte sehen sollen! Mein Herz ist auch daran gebrochen... Was willst Du aber von dem Kinde?... Verzeihe ihr, Jacob Löw, verzeih' ihr!«

»Ich kann nicht, Esther!« rief Jacob Löw weich, aber trotzdem unbeugsam.

Plötzlich sagte Esther schwach:

»Jacob Löw! Sag' mir jetzt, was zu sagen ist... es dauert nicht mehr lange... Lass' mir aber die frommen Weiber nicht herein!... Ich will nichts Fremdes um mich...«

Jacob Löw schauerte auf; er begann das: »Höre, o Israel! Der Gott, unser Gott, ist ein einiger Gott!« was Esther mit flüsternden Lippen nachsprach. Als die frommen Weiber, die in der angrenzenden Stube diesen Ausruf vernommen hatten, darauf hereintraten, legte sich soeben die Ruhe des ausgerungenen Erdenkampfes über Esther's Antlitz! –

Nichts Fremdes! Das war es ja, woran Jacob Löw's seltsam geartete Natur von jeher gekrankt hatte! Nichts Fremdes! Nichts, was dem Herzen gleichgiltig und entfallen, nichts, was man mit Geld und guten Worten ablohnen und abkaufen kann... und nun hatte es Esther selbst in ihrer letzten Lebenssecunde ausgesprochen! Sie wollte kein Fremdes um sich!

Was jedem Andern, von solchen Lippen und zu solcher Stunde gesprochen, wahrscheinlich als ein Ruf zur Einkehr in sich geklungen hätte, gerade das bestärkte ihn und hielt ihn aufrecht in dem von ihm als zu Recht Erkannten und Behaupteten. Nichts Fremdes! Er wollte es ja auch nicht um sich, er sträubte sich dagegen mit allen Kräften seines Gemüthes, – und er sollte Blümele wieder in sich aufnehmen, die, wie er glaubte, ihm gänzlich entfremdet war?

Gerade seit dem Tode Esther's war es, daß er es fühlte, wie der Groll gegen das abwesende und verlorene Kind täglich und stündlich in ihm wuchs; er fand daran eine Art Behagen, sich selbst zu beobachten, wie ihm allmälig ein Stück nach dem andern, eine Blüthe nach der andern von seiner Seele, von dem abfiel, was er Sehnsucht und Erinnerung schalt; er freute sich, es an sich selbst zu erleben, wie die Vereinsamung, gleich einem unheilbaren Übel, immer mehr um sich griff. Bald, hoffte er, werde nichts mehr von ›ihr‹ übrig bleiben!

Jacob Löw schloß sich von der Welt ab; er vernachlässigte sein Geschäft und gab es endlich ganz auf. Er ging nur aus dem Hause, um im ersten Jahre nach dem Tode seiner Frau früh Morgens und Abends ihr im Gottesdienst das Gebet des ›Kadisch‹ nachzurufen. Sie wollte nichts Fremdes um sich!... Nachdem das Trauerjahr vorüber, gestaltete sich sein Leben fast einsiedlerisch inmitten der beweglich lauten Gasse. Wer zu ihm kam, der konnte sich eines einsilbigen, ja mürrischen Empfanges sicher halten; kaum daß er dem Eintretenden einen Sitz bot oder ihm das übliche: »Gesegnet sei, wer da kommt!« entgegenrief. Manchem mochte es dünken, er sei nur willkommen, wenn er sich entfernte, und so blieben die Besuche allmälig einer nach dem andern aus.

Hie und da, namentlich in der ersten Zeit, brachte der Briefträger... andere schriftliche Besuche, versehen mit dem Poststempel einer ungarischen Landstadt; aber er mußte sie jedesmal als nicht angenommen wieder zurücktragen. Endlich blieben auch sie aus. Ein einziger ständiger Gast in Jacob Löw's Hause war sein Bruderssohn Maier mit den vier Händen. Wenn Maier kam, und es geschah dies regelmäßig an jedem Abend, so leuchtete in den Augen Jacob Löw's Etwas auf, was wie Freude aussah. Nur mit Maier brachte er es über sich, einen ›Franzefuß‹ zu spielen; aber das, was ihnen Beiden in jeder Ritze und Falte ihrer Seelen lauschte, blieb zwischen ihnen unberührt. Ohne daß sie einander das Wort abgenommen, bestand ein Vertrag zwischen ihnen: Blümele's wurde mit keinem Worte erwähnt.

War's eine Art Vergeßlichkeit oder gar Treubruch von Seite Maier's?

Nach Jahren einmal, als er an einem Winterabend mit dem Vetter beim Franzefuß saß, zog er, während Jacob Löw die Karten blätterte, ein gefaltetes Papier hervor, das wie ein Brief aussah, und legte es vor sich nieder.

»Was soll's mit dem Brief?« fuhr Jacob Löw auf und schleuderte, zornmüthige Blicke auf Maier werfend, die Karten auf den Tisch.

»Ein Brief? Ist denn das ein Brief?« stotterte Maier und ergriff mit seinen langen Händen das Papier, um es so schleunig als möglich in einer seiner Rocktaschen zu verbergen.

»Maier!« sagte nach einer Weile Jacob Löw, »Du weißt, mich foppt man nicht. Der Brief kommt von... ihr!«

»Ja, Vetter!« rief Maier ängstlich, ohne aufzuschauen.

»Und was schreibt sie Dir?«

»Sie bittet mich, ich möchte ihr schreiben, wann der Mutter Jahrzeit ist...«

»Hast Du ihr's geschrieben?«

»Ja!«

Nach einer Weile sagte Jacob Löw:

»Spielen wir weiter. Du hast anzufangen.«

Kurz darauf schaffte er einen Hund für das Haus an, der während der Nacht frei im Hof herumlief. Er könne, sagte er zu seinem

Brudersohn, einmal überfallen werden, dagegen wolle er sich bewahren...

In einer mondhellen Sommernacht störte, wie wir bereits erzählten, das Bellen dieses Hundes den Schlaf der ganzen Gasse. Droben am Himmel wölbte sich das sternglitzernde Gewölbe, Sternschnuppen fielen leuchtend nieder und verloschen, stille floß das Mondlicht. Drunten aber auf der Erde wimmerte das Thier und konnte nicht zur Ruhe kommen. Denn hart neben ihm, draußen vor dem Hause, zu dem er nicht hinaus konnte, auf der steinernen Bank, regte und bewegte sich Etwas, flüsterten Stimmen, und zuweilen war es, als werde ein leises Wimmern, das einem Kinde anzugehören schien, zur Stille gesprochen...

Das Winseln des Hundes währte die ganze Nacht.

Gegen zwei Uhr, als der Mond in seiner ganzen Klarheit über dem Hause stand, öffnete sich oben im ersten Stockwerke ein Fenster und eine Stimme rief:

»Wer ist da unten?«

Der Hund hatte die Stimme seines Herrn erkannt und schwieg für eine Weile.

»Wer ist da unten?« wiederholte es noch einmal oben am Fenster.

Keine Antwort.

Nur ein leises Wimmern, ein unterdrücktes, aus dem tiefsten Jammern einer Menschenseele kommendes Weinen... und der Hund begann seine Klagen aufs Neue.

Droben schloß sich wieder das Fenster...

Der Mond beginnt sich wieder zu neigen, hie und da verlöschen ganze Gruppen von Sternen, ein kühler Luftzug erhebt sich, auf dem Boden glänzen und glitzern die Thautropfen, womit der erwachende Morgen die noch schlaftrunkene Erde besprengt. Wenn sie sich den Schlummer aus den Augen reiben wird, mag sie es wissen, daß er schon da gewesen und ihre Blumen und Bäume begrüßt hat... auf der steinernen Bank vor dem Hause Jacob Löws war es still geworden.

An der entgegengesetzten Häuserreihe öffnete sich um diesen Augenblick eine Thüre; Tritte wie die eines Mannes werden hörbar; sie kommen immer näher... Auf der Bank regt und bewegt sich nichts... Welch' ein Anblick bot sich dem Manne, der davor stehen geblieben war!...

Da saß eine Frau, den Kopf tief auf die Brust gesenkt; in ihrem Schooße, warm an ihren Leib geschmiegt, ruhte ein Knabe... Beide schlummerten. Eine Haarflechte, schwarz und glänzend, die unter ihrer Haube sich befreit hatte, ringelte sich bis auf das Köpfchen des Knaben nieder.

Wie abgehärmt sah sie aus! Welche verweinte Schönheit!

Was war es, was den Mann im Anschauen dieser Gruppe so sehr erschütterte? Er bedeckte sich mit beiden Händen das Antlitz... unwillkürlich hatten seine Lippen ein Wort geflüstert.

»Blümele!«

Zwei braune Augen öffneten sich auf diesen Ruf, der Kopf der Schlafenden richtete sich auf, die schwarze Flechte ringelte sich in die Höhe. Nun erst ward ihr blasses, abgemagertes Gesicht ganz sichtbar.

»Blümele!« rief er noch einmal.

Da fuhr sie mit der Hand langsam über die weiße Stirne.

»Nun ja«, sagte sie wie traumverloren... »es ist gut, daß Ihr mich die Jahrzeit nicht habt verschlafen lassen. Ist schon Zeit?...«

Sie schauderte, von einem innerlichen Frösteln ergriffen. Das brachte sie zum vollen Erwachen.

»Weh mir!« rief sie, und ihr Haupt senkte sich auf ihre Brust. »Es ist mein Geschwisterkind Maier!«

»Erkennst Du mich auch, Blümele!« rief Maier mit aller Innigkeit seines Gemüths, und jetzt erst rollten ihm helle Thränen unaufhaltbar herab.

»Und Du schreckst vor mir nicht zurück, Maier?« fragte sie nach eine Weile, ohne aufzuschauen.

»Sei willkommen, tausendmal willkommen, Blümele Leben!« sagte Maier und reichte ihr die Hand.

Sie aber schauderte und verschmähte Maier's Begrüßung.

»Bin ich denn zu Hause«, meinte sie, indem sie sich in die Höhe zu richten versuchte, »daß Du mich willkommen heißest?«

»Wo anders solltest Du denn sein? Stehe ich nicht vor Dir?«

»Maier!« sagte sie, und ihr Antlitz nahm dabei einen erschreckenden Zug tiefinnerster Ängstlichkeit an..., »die ganze Nacht bin ich hier auf dieser Bank gesessen... ich und mein Kind... und der Hund hat gebellt... und er muß es oben gewußt haben, daß ich da bin. Kann denn ein Vater schlafen, wenn er weiß, daß sein Kind in der Nähe ist?... Aber nicht ein einziges Mal hat er gerufen: Komm' herauf, Blümele, mein Kind! Und ich bin doch die ganze Nacht hier gesessen!...«

»Die ganze Nacht!« rief Maier, und Zorn und Erbarmen bebten in seiner Stimme.

»Glaubst Du, daß er es gewußt hat?« sprach Blümele fröstelnd, indem sie einen scheuen Blick nach den Fenstern warf. »Er muß mich doch erkannt haben... Glaubst du nicht, Maier?«

Maier erwiderte nichts. Nach einer Weile rief er hastig: »Du weißt doch, Blümele, daß ich immer Dein guter Freund war... und es gut mit Dir gemeint habe. Weißt Du das noch?«

»Ja!« sagte sie tonlos; »aber ich!...«

»Lass' das, Blümele, lass' das! Wenn Du also das weißt, so wirst Du thun, was Dein Geschwisterkind Maier Dir anräth. Wirst Du folgen?«

Blümele hielt ihren Kopf tief gesenkt.

»Es ist Deines Bleibens nicht hier«, fuhr Maier fort, »Du kannst keinen Augenblick hier länger verweilen. Dein Vater darf nicht wissen, daß Du da bist... Komm' lieber in unser Haus... da sollst du Dich und dein Kind ausruhen... selbst meine Eltern sollen nicht wissen, wen sie bei sich beherbergen, bis ich es ihnen sage. Dort wollen wir berathen und uns besprechen, was... weiter zu thun ist. Willst Du?...«

»Wie kommst Du denn selbst her um diese Stunde?« fragte Blümele, scheinbar mit ihren Gedanken nicht bei Maier's Rede weilend.

»Ich hatte heute einen Gang nach einem Dorfe vor!« sagte Maier zögernd...»Aber der Bauer mit seiner Wolle kann noch einige Tage warten... Willst Du, Blümele?«

»Und ich soll von hier fort, von meines Vaters Hause? Da, wohin ich gehöre?« rief Blümele.

»Komm' nur, komm' nur!« bat Maier.

Seine Stimme klang so dringend, sein ganzes Wesen leuchtete von einer solchen Wahrhaftigkeit, von einem so tiefen Ernste war sein Antlitz durchgeistigt! War das noch derselbe Maier, über dessen vier Hände einst nicht genug gespottet und gelacht werden konnte?

»Ich gehe mit Dir, Maier, wohin Du mich bringst!« sagte sie.

Sie wickelte das noch immer schlafende Kind fester in das umhüllende Tuch.

»Gib mir das Kind, Blümele!« bat Maier.

Es war ein seltsam scheuer Blick, der aus ihren braunen Augen auf ihn fiel. Sie zögerte einigermaßen und seufzte. Dann reichte sie ihm den Knaben hin.

»Und jetzt komm', Blümele!« –

Unbemerkt und stille erreichte Maier mit ihr sein väterliches Haus. Gerade als er an die Thüre kam, die er geräuschlos aufsperrte, erhellte sich im Osten ein schmaler Streifen Himmels so rasch und unvermuthet, daß die Beiden mit einem Male, angestrahlt von dem Widerscheine, im vollen Lichte standen, während ringsherum noch graues Dämmerlicht wartete.

Sollte das ein gutes Vorzeichen für Blümele's Eintritt bedeuten?

Maier hatte in dem Hause seiner Eltern eine wohleingerichtete eigene Stube in einem thurmartigen, nur durch eine steile Treppe zu erreichenden Aufbau, den man längst zu einem ersten Stockwerke umgestaltet hätte, wäre er nur Willens gewesen, auf gewisse Wünsche von Vater und Mutter aufzuhorchen. Diese kleine Stube war wie eine Burg, unersteigbar für Jedermann, dem ihr Besitzer den

Einlaß nicht gestatten wollte. Dorthin brachte Maier sein Geschwisterkind. Im Hause herrschte die tiefste Stille.

Maier legte den schlummernden Knaben in sein noch offenes Bett; erst jetzt sah er, von welcher merkwürdigen Schönheit der Kopf dieses Kindes sei. Es trug die Gesichtszüge seiner Mutter, wie sie einst selbst ihm entgegengetreten war; aber die Lippen und ein gewisser Zug um die Mundwinkel gehörten nicht zu Blümele's Wesen. Eine Weile bleib er wie bewundernd vor dem Kinde stehen... dann legte er sorgsam die weiche Decke über die Glieder des Knaben.

»Die ganze Nacht im Freien!« murmelte er halblaut vor sich hin; »und ich habe mich in meinem warmen Bette gestreckt und habe nichts gewußt.«

Blümele war an der Thüre stehen geblieben.

»Willst Du Dich nicht auch ausruhen?« meinte er. »Ich will fortgehen und draußen Wache halten, bis Du mich rufst.«

Da brach Blümele in ein schmerzliches Weinen aus: aller Jammer einer Menschenseele mochte über sie gekommen sein, nun, daß sie sich in der Heimat denken mußte und doch nicht zu Hause war! – daß sie es erleben mußte, gerade von Maier aufgenommen zu werden, und zu sehen, wie er ihr Kind, dessen Vater Jaques hieß, bettete und wärmte!

»Ich habe es nicht an Dir verdient, Maier!« schluchzte sie. »Warum jagst Du mich nicht lieber fort?«

»Lass', lass', Blümele Leben!« bat Maier, »und lege Dich lieber, ich will Dir ein Bett zurecht machen!«

»Nein, nein!« rief Blümele mit neu hervorbrechendem Schmerze; »dazu bringst Du mich nicht, Maier! Bin ich darum gekommen, um zu schlafen? Ich muß Dir erzählen... ich muß es mir vom Herzen heruntersprechen, sonst zerspringt es und Du siehst mich todt niedersinken. Du mußt mich anhören, Maier!«

»Lass', lass', Blümele!« bat wieder Maier. »Red' Dich aus, wenn Du Ruhe erlangt hast.«

»Jetzt muß es sein!« rief Blümele beinahe schreiend. »Es wird mich erleichtern, mehr als es Schlaf und Essen vermochte!«

Maier erkannte, daß er dem Verlangen Blümele's keinen längern Widerstand entgegenhalten durfte. Er setzte sich an das Fußende des Bettes, worin Blümele's Kind schlummerte, während sie auf einem niedern Schemel, fast zu seinen Füßen, sich niederließ.

Es war die Leidensgeschichte eines vernachlässigten und wundgetretenen Herzens, die Blümele erzählte.

Nach Art solcher Mittheilungen berichtete Blümele im Anfang fast verworren und anscheinend ganz planlos. Aber es schien nur so. Wenn sie Nahes und Fernes, Gegenwart und Vergangenheit so miteinander verknüpfte, daß sie fast nicht auseinander zu trennen waren, so klang doch wieder ein Ton durch das Ganze, als ob das Alles gar nicht zu ihr gehörte, als erzählte sie nicht von sich, sondern von einer fremden Person.

Sie begann damit, daß sie eine Schilderung ihres Eintrittes in die Heimath ihres Mannes entwarf, und kam gleich darauf zu sprechen, daß Jaques sie verlassen und schutz- und freudelos in dem fremden Lande mit ihrem Kinde zurückgelassen habe.

»Verlassen hat er dich!« rief Maier mit weitaufgerissenen Augen und sprang auf, die Hände geballt...

»Was willst Du?« sagte Blümele traurig. »Er war zu einem Edelmanne geboren... und hätte sollen für Weib und Kind sorgen?«

»Und wo ist er jetzt... der schöne Jaques?« rief er so durchdringend, daß es Blümele bis ins Mark schnitt.

»Maier!« bat sie und sah ihn mit feuchtem Blick an.

Maier verstand den Strahl dieses bittenden braunen Auges.

»Weißt Du, wohin er gegangen ist?« fragte er milde, indem er sich wieder auf das Bett niederließ.

»Weit über's Meer – nach Amerika!«

Von nun an hütete sich Maier, die Mittheilungen Blümele's auch nur mit einem Worte zu unterbrechen.

In der ersten Zeit hatte Blümele in der neuen Heimat wirklich dasjenige gefunden, was ihr in Jaques' Schilderungen so lebensvoll und bestechend entgegengekommen war. Jaques trug sie auf den Händen und wiederholte stets, mit ihr sei seinem Dasein ein

Glücksstern aufgegangen. Die Geburt ihres Knaben erfüllte sie Beide mit einer Seligkeit, von der sich jetzt nach sieben Jahren kaum eine Andeutung geben ließ. Über Blümele war eine Art Taumel gekommen, so daß ihr oft jede Erinnerung an die alte Heimat mit Allem, was sie umschloß, zu mangeln begann. Sogar jener düstere Schatten, der ihr aus Böhmen nachglitt – das Andenken an das, was sie ihren Eltern angethan, verschwand, und es war nur Licht und Sonne in ihrem Leben. »Das Kind soll mir ein freier Ungar werden!« rief Jaques oft im Überschwange seines Glückes; »kein so zusammengedrückter und scheinheiliger Böhme!« Selbst dies beirrte und verletzte sie nicht. War das Kind nicht sein? Begehrte sie etwas anderes, als vollständig, ohne jeden Rückhalt, sein zu sein?

Allmälig trat jedoch in dieser Lage eine merkbare Änderung ein.

Jaques hatte in seiner Vaterstadt, die mitten in einer meilenweit sich dehnenden Pußta lag und eher ein großes Dorf genannt werden konnte, ein eigenes Geschäft errichtet, wozu ihm die Mitgift Blümele's die Mittel bot. Ihr aber, der vom Hause aus, trotz ihres leichten Sinnes, das ängstliche Abwägen in Sachen des Erwerbes gleichsam angeboren war, ihr kam es gleich anfangs vor, als habe Jaques für die gegebenen Verhältnisse ›zu groß‹ begonnen. Sie war es aus Böhmen gewohnt, zu sehen, unter welchen Entsagungen und Kämpfen auf der Grundlage sorgfältig zusammengehaltener Kreuzer ein nur mäßiger Wohlstand aufgebaut wird. Jaques aber hatte die Dinge so angelegt, wie es zu Hause nicht einmal von den Reichgewordenen geschieht. Das sah Blümele klar; sie schwieg aber dazu – und schwieg lange. Aber als sie einmal eine finstere Wolke auf der Stirne ihres Mannes zu erblicken glaubte, die stets so heiter, so übermüthig sorglos leuchtete, wagte sie eine Bemerkung, die Jaques sehr übel aufnahm. Er schalt sie eine »Böhmin«, der die kleinlichen Begriffe und Vorstellungen als Erbtheil ihrer Landsleute mitgefolgt seien. Sie möge aber nicht vergessen, daß sie nicht mehr in Böhmen lebe; die Welt wäre ein unausstehlicher Aufenthalt, wenn lauter Böhmen darin wohnten. Darum ja sei Ungarn geschaffen worden.

Wollte Jaques nur sich selbst, wollte er nur Blümele täuschen?

Aber von diesem Augenblicke an trat zwischen den beiden Eheleuten der klaffende Riß zur Schau, den innerlich ganz entgegengesetzte Naturen immer erzeugen müssen. Jaques nannte »böhmisch« was seinem hochfahrenden Sinne und seiner alles Kleinliche verachtenden Sorglosigkeit in den Weg lief. Blümele sah bereits mit geschärftem Auge, daß seine Verhältnisse in dem Maße sich verschlimmert hatten, als er einen gewissen Hochmuth, den sie doch in jungen Jahren so bewunderungswürdig gefunden hatte, zur Schau trug. Jaques mochte es unerträglich finden, das Auge seiner Frau, wenn sie auch nicht sprach, als einen festen Frager auf sich gerichtet zu sehen. Er wandte sich von ihr ab, er vernachlässigte sie; sein Haus und sein Kind hatten für ihn allen Reiz verloren. Statt seiner ›Geschäfte‹ sich anzunehmen, brachte er die meiste Zeit außer dem Hause zu, meist in Gesellschaft ungarischer Edelleute, mit denen er spielte, ritt und auf die Jagd fuhr. Jetzt erst schien seine innerste, nur durch Geburt und Verhältnisse anders bestimmte Natur den eigentlichen Boden gefunden zu haben, worin sie gedeihen konnte. Jaques war kein Kaufmann – er war ein geborener Edelmann! Von nun an hielt sich Blümele für verloren.

Zu diesen Leiden, doppelt schwer zu ertragen, da sie in der fremden Umgebung keiner Seele sie anvertrauen konnte, gesellte sich mit einem Male das Gefühl eines so unbezwinglichen Heimwehs, daß sie ernstlich krank zu werden befürchtete. Nur der Hinblick auf ihr Kind gab ihr den Muth und die Kraft. Sie hatte von einem durchreisenden Handwerksgesellen aus Böhmen erfahren, daß ihre Mutter längst todt sei. Von nun an hörte sie in ihrer Seele keinen andern Laut, als das Wort: »Jahrzeit«. Auf das Grab der Mutter zu gehen, sich daselbst auszuweinen, nichts zu thun, als zu weinen, und dann wieder zurückzukehren, erschien ihr als eine Seligkeit, der gegenüber alles Leid verschwand. Sie sprach einmal mit Jaques davon, der aber meinte: »Was hat Deine Mutter davon, ob Du den weiten Weg von Ungarn nach Böhmen machst oder nicht?« Da schwieg sie; nun kannte sie ihn erst recht.

Einige Zeit darauf verreiste Jaques, wie er Blümele mittheilte, für mehrere Wochen. Nach vierzehn Tagen kam ein Brief mit dem Poststempel: Liverpool! Jaques war nach Amerika gezogen; das Schreiben war einen Tag vor seiner Einschiffung geschrieben. Er habe, schrieb er, in Ungarn das Glück nicht gefunden, auf das er gehofft; Ungarn sei überhaupt nicht mehr das Land, was es gewesen – es scheine nach Amerika versetzt zu sein. Darum sei auch er diesen Weg gegangen, den vor ihm Hunderttausende zu ihrem Heile betreten. Er grüßte Blümele und das Kind – und versprach schließlich, von Californien aus von sich hören zu lassen.

Seltsam! Blümele fühlte sich gleichsam erlöst. Mit dem Reste ihrer Habe – denn Jaques hatte seine Angelegenheiten in größter Unordnung zurückgelassen – das Kind in ihren Armen, machte sie sich auf den Weg nach Böhmen. Nur erst die ›Jahrzeit‹ auf dem Grabe der Mutter vorüber! dann mochte alles Leid, alle Verfolgung und Pein über sie ergehen und sie wollte nicht murren! In der Jahrzeit wollte sie ihre schuldbewußte Seele wieder heiligen...

»Gott soll Dir's gedenken, Blümele«, rief Maier, nachdem sie geendet, tief erschüttert, »daß Du den Gedanken gehabt hast. Er wird Dir auch beistehen.«

Er war aufgestanden und durchmaß mit hastigen Schritten die kleine Stube.

»Die ganze Nacht draußen zuzubringen... und ich habe es nicht gewußt... Geht das nicht vor Gott?...«, sprach er mit sich selbst. Dann blieb er vor Blümele stehen, die still vor sich hinweinte.

»Willst Du mir etwas versprechen, Blümele?« rief er, und sein Auge blitzte und er erschien in diesem Augenblicke weit über sein Maß gewachsen.

Blümele nickte mit dem Kopfe.

»So versprich mir, nur dasjenige zu thun, was ich Dir anrathen werde; vor Allem: Dich aus dieser Stube nicht zu entfernen, bis ich Dir sage: Gehe!«

»Und die Jahrzeit?« meinte Blümele traurig.

»Die fällt erst auf übermorgen. Bis dahin lass' mich für Dich sorgen und denken. Willst Du?«

Blümele reichte ihm sprachlos die Hand. –

Der Morgen war angebrochen, in der ›Gasse‹ regte sich das neuerwachte Leben. Maier hielt es nun an der Zeit, sein Geschwisterkind zu verlassen, theils um zu erfahren, ob die Anwesenheit Blümele's bereits ruchbar geworden, theils um mit seinen Gedanken allein zu sein; denn sein Blut war in Wallung und machte ihn unfähig, die nächsten Schritte zu berathen.

Er ging mehrmals durch die ›Gasse‹, hielt jeden Schulgänger an und ließ sich mit ihm in ein Gespräch ein. Alle erzählten ihm von der seltsam verstörten Nacht und dem Gebell des Hundes, aber keiner wußte von Blümele!

Allmälig begann sich sein unruhiger Gedankenweg zu ebnen; er kam zu dem Entschlusse, den Eltern mitzutheilen, welchen Gast sie beherbergten. Welch' ein ungläubiges Staunen und Verwundern, als die Alten diese Nachricht erfuhren! Sie wollten das heiligste Stillschweigen bewahren, versprachen sie; nur nicht zu lange, meinte

Maier's Mutter, denn Blümele im Hause zu haben und sie nicht sehen können, das gehe über ihre Kräfte.

Sie billigten übrigens vollständig, was Maier gethan.

Ein unendliches Wohlsein durchströmte ihn, als er gleich darauf die enge Treppe zu seiner Stube hinanstieg und, an der Thüre lauschend, inne wurde, daß darin tiefe Stille wartete. Mutter und Kind schliefen... Maier schlich sich geräuschlos wieder fort.

Später ging er zu Jacob Löw; er mußte den Alten sehen, er mußte sein Gesicht durchforschen. Maier's Herz klopfte hörbar, als er an der steinernen Bank vorüberkam, auf der heute Blümele ein so hartes Nachtlager gehabt.

Er traf den Vetter beim Frühstück.

»Weißt Du, Vetter«, rief er, nachdem er ihn begrüßt hatte, »daß Dein Hund heute Nacht alle Leute in der Gasse rebellisch gemacht hat?«

»Wie so?« fragte Jacob Löw, und Maier glaubte ein hämisches Lächeln um seine Mundwinkel spielen zu sehen.

»Das Thier hat keine Ruhe gehabt und unaufhörlich gebellt.«

»Er wird etwas gesehen haben!« meinte Jacob Löw trocken.

Da faßte ein grimmiges Gefühl an die sonst so sanftmüthige Seele Maier's.

»Vetter!« rief er mit beinahe drohenden Blicken, indem er dicht vor Jacob Löw stand... »Vetter! Bis jetzt habe ich Dich geachtet und geliebt, wie Dein eigenes Kind... aber eine solche Härte gegen Dein Fleisch und Blut hätte ich Dir nicht zugetraut...«

»Was ist Dir, Maier?« meinte Jacob Löw ruhig... »Darf ich mir etwa keinen Hund halten?...«

Durch diese Frage ward Maier einigermaßen verwirrt. That er dem Vetter vielleicht Unrecht, wenn er vorausetzte, Blümele's Anwesenheit sei ihm bekannt?«

»Vetter«, sagte er nach einer Weile mit besänftigter Stimmung... »weißt Du, daß übermorgen Deiner Esther ›Jahrzeit‹ fällt?...«

»Ich weiß, ich weiß!« sagte Jacob Löw...»Oder willst Du mich daran gemahnen, daß ich meiner Esther allein ›Kadisch‹ nachsagen muß...«

Was ging mit Maier in diesem Augenblicke vor? Sein Antlitz hatte einen so leuchtenden, fast verzückten Ausdruck, als hätte sich ein Gedanke göttlicher Offenbarung darauf niedergesenkt. Seine Brust hob sich stürmisch, auf seinen Lippen schien unausgesprochen eine bedeutende That zu schweben...

Er empfahl sich dem Vetter; wie beschwingt eilte er dem väterlichen Hause zu. Lauschend an der Thüre seiner Stube vernahm er, daß Blümele und ihr Kind schon erwacht seien. Er trat ein. Blümele saß wieder auf dem niedern Schemel und hielt den Knaben auf ihrem Schooße; sie weinte wieder.

»Blümele«, rief er athemlos, »kann Dein Kind schon lesen?«

Sie verneinte dies kopfschüttelnd.

»Auch nicht im Gebetbuch?«

»Jaques hat nichts auf die Religion gehalten«, sagte Blümele.

Maier's Antlitz verdüsterte sich, aber alsbald wurde es wieder hell.

»Ich will der Lehrer Deines Kindes sein!« sagte er.

Blümele sah zu ihm auf und verstand ihn nicht.

»Was willst Du mit dem Kinde?« fragte sie.

»Ich will ihn das ›Kadischgebet‹ lehren!...«

Wie Maier dies begonnen, welche Lehr- und Lernkünste er anwandte, um dem Knaben die unverständlichen, nie gehörten fremdartigen Laute der heiligen Sprache in's Gedächtniß zu prägen, wie er vor Allem das Kind dazu brachte, daß es ruhig auf seinem Schooße aushielt und stundenlang dasjenige nachsprach, was er ihm vorsagte, ja nicht müde war, zu begehren, daß er fortfahre... wie er es dahin brachte, daß der Knabe schon nach der ersten halben Stunde die zarten Ärmchen um seinen Hals schlang und die weichen Kindeslippen auf die seinen drückte – es wäre dies unendlich schwer, aber auch sehr leicht zu sagen.

Maier's Lehrtalent war wie eine jener Wunderblumen, die über Nacht ihre ganze Herrlichkeit entfaltet. Die Blume seines Talents sproßte auf dem warmen Grunde seines Herzens...

Ab und zu brachte Maier als sorgsamer Hauswirth Trank und Speise.

Als Blümele am Abende ihren Knaben zu Bette brachte, sprach er unaufgefordert das ganze Kadischgebet vom Anfang bis zum Ende, ohne den geringsten Anstoß zu begehen.

»Welch' einen merkwürdigen Kopf das Kind hat!« rief Maier begeistert. »Das thut ihm kein großer Mensch nach.«

Dann ging er. Es glitt ihm ein langer, unsäglich trauriger Blick aus den Augen Blümele's nach.

Am andern Morgen überzeugte sich Maier aufs Neue, daß das Gedächtniß des Knaben ein wunderbar treues sei; das Kind hatte während der Nacht auch nicht das kleinste Wörtchen des schweren Gebets verloren. Zur Belohnung ersann er die heitersten Spiele und lachte mit dem Kinde und freute sich mit ihm, und war selbst ein seliges Kind geworden.

Gegen Abend, als es zu dunkeln anfing, brachte Maier ein mit Öl gefülltes Glas, worauf ein Docht schwamm.

»Jetzt, Blümele«, sagte er, »beginnt die ›Jahrzeit‹ um Deine Mutter! Zünde das Licht an!«

Blümele that, was ihr Maier hieß. Dann setzte sie sich in einen Winkel der Stube auf den niedern Schemel und sprach an diesem Abende kein Wort mehr.

Zur selben Stunde, da Blümele das Jahrzeitlicht für ihre Mutter anzündete, flammte es auch in einem andern Hause der Gasse auf.

So nahe waren sich Vater und Tochter, daß sie von ihren Stuben aus die flackernden Flämmchen gegenseitig erblicken konnten – und doch wieder so weit von einander! –

Der Donnerstag war gekommen. Als Maier am frühen Morgen sein Geschwisterkind wecken wollte, fand er das Kind und Blümele bereits angekleidet. Maier sah übernächtig aus; alle Geister des

Zweifels, ob das, was er vor hatte, auch gelingen würde, hatten an seinem Schlaf gerüttelt.

»Kommst du mich für die Jahrzeit abholen?« fragte Blümele.

»Du mußt mir Dein Kind auf einige Zeit anvertrauen!« sagte Maier mit bewegter Stimme.

»Was willst Du mit ihm, Maier?« rief Blümele, und legte, von einem Gefühle von Ängstlichkeit ergriffen, die Hand auf den Kopf ihres Kindes.

»Es soll Deiner Mutter ›Kadisch‹ nachsagen.«

Erst jetzt stand das Vorhaben Maier's in aller Klarheit vor Blümele; nun erkannte sie mit vollem Bewußtsein, welcher Liebesdienst aus dem Gemüthe dieses armen, einst von ihr verlachten und verhöhnten Maier ihr entgegenblühen sollte.

»Maier!« rief sie, »was bist Du für ein Mensch!«

»Lass', lass', Blümele,« bat er, »bis es vorüber ist.«

»Und ich? Was soll ich indessen thun?«

»Ist nicht die Jahrzeit Deiner Mutter heute?« sagte Maier mit bedeutungsvollem Ernste...

Auf seinen Armen trug Maier den Knaben zur ›Schul'‹ und es traf sich gut, daß er auf dem Wege Niemanden begegnete, dem er Rechenschaft über die seltsame Last abzulegen hatte. Der Morgengottesdienst war noch nicht zu Ende, dennoch blieb Maier draußen in der Vorhalle stehen; doch hatte er sich früher überzeugt, daß sich sein Vetter Jacob Löw auf seinem gewöhnlichen Betplatze befand. Mittlerweile hieß Maier den Knaben, ihm noch einmal das eingelernte Gebet vorzusprechen; das Kind bestand diese letzte Prüfung vortrefflich. Trotzdem hämmerte es in Maier's Adern fast zum Zerspringen, sein Kopf glühte, seine Lippen zuckten krampfhaft...

Endlich näherte sich der Gottesdienst seinem Schlusse. Schon sah Maier, wie sich sein Vetter erhob und zum Platze des Vorbeters hin sich bewegte. Der entscheidende Augenblick war gekommen. Rasch hob Maier den Knaben auf und trug ihn durch die Reihen der Beter bis zu Jacob Löw hin, an dessen Seite er ihn stellte. Dieser, versenkt in die Erinnerung, die dieses Gebet, und in dieser Stunde schmerzlicher als je, in ihm wach rief, sah vor sich hin und bemerkte nicht, was um ihn vorging.

Er begann das Gebet... aber heller und immer heller ertönten die nämlichen Laute neben ihm aus dem Munde eines Kindes. Da füllten sich seine Augen unwillkürlich mit Thränen... er hielt inne und lauschte und ließ das Kind allein sprechen... All, sein Jammer, all' der starre Herzenskrampf, der ihn durch so viele Jahre krank gehalten, sich selbst und Anderen zur Qual, löste sich und zerfloß vor diesen reinen und hellen Kindeslauten. Was er im tiefsten Winkel seiner Seele stets verborgen, die Sehnsucht nach der verlorenen Tochter, was er glaubte, daß nie eine menschliche Seele ihm entlocken könne das bewirkte dies Kind...

»Wer ist das Kind?« schrie er mit markdurchschütternder Stimme, kaum als die letzten Worte des Gebets verklungen waren.

»Vetter!« rief Maier hinter ihm...»Es ist Dein und Esther's Enkel... es ist Blümele's Kind!«

Mit einem leisen Schrei taumelte Jacob Löw nach rückwärts und hätte einen schweren Fall gethan, wenn ihn nicht Maier in seinen Armen aufgefangen. Sein Antlitz war todtenbleich, eine Ohnmacht hatte ihn befallen.

Unter den Betern entstand große Bewegung; sie drängten sich hinzu; etwas nie Erhörtes ereignete sich vor ihren Augen.

Mit einem Male richtete sich Jacob Löw in den Armen Maier's auf. Er begann bitterlich zu weinen.

»Wo ist das Kind?« rief er, da er vor herabstürmenden Thränen es nicht bemerkte;»wo ist Blümele's Kind?...«

Da hob Maier den Knaben auf und legte ihn an des Großvaters Brust. Zitternde Arme umfingen das Kind...

»Blümele! Wo ist mein Blümele?« rief Jacob Löw.


So hatte das Gebet des Kindes Vater und Tochter entgegengeführt.

Noch an demselben Tage sah man Jacob Löw in Begleitung Blümele's zum ›guten Orte‹ gehen, wo Esther und die fünf Knaben ruhen. Als sie von dort zurückkehrten, lag auf den Gesichtern Beider jener Schimmer von Selbstheiligung, wie ihn Menschen in Augenblicken erlangen, in denen es ihnen gegeben ist, Liebe um Liebe, Versöhnung um Reue auszutauschen.

Blümele blieb fortan in der alten Heimat.

Sie befand sich kaum vier Monate daselbst, als ein Schreiben einlief, das die Nachricht vom Tode des Gatten enthielt. Jaques hatte sein Ziel kaum erreicht, als ihn mitten unter neuen Lebensentwürfen in San Francisco der Tod erteilte. Dem Briefe beigeschlossen war die amtliche Bestätigung.

Blümele trauerte um den Verstorbenen ein volles Jahr! –

Und Maier?

Dürfen wir auch jetzt noch das alte bittere Spitzwort wiederholen: »Maier mit den vier Händen?«

Nun, wer noch vor wenig Jahren an Jacob Löws Hause vorüberkam, der konnte, namentlich an lauen Sommerabenden, einen Haufen rothbackiger und gesunder Knaben um einen alten weißhaarigen Mann herumtollen sehen, die sich alle, bis auf die abweichenden Körpergrößen, zum Verwechseln ähnlich sahen. Welch' ein sonniges Lächeln auf den Lippen dieses Alten! Welch' ein Aufleuchten seiner Augen, wenn sich manchmal eines dieser Kinder vom Spiele entfernte und zu ihm kam, um sich liebreich an seinen Leib zu schmiegen!

Es waren Maier's und Blümele's Kinder!

Diesmal hatte sich Jacob Löw nicht verrechnet.

Wiewohl unstatthaft nach dem Gebrauche, der in der ›Gasse‹ herrscht, daß Kinder bei Lebzeiten ihrer Eltern einem Dahingeschiedenen das ›Kadisch‹ nachsagen, haben Maier und Blümele es durchgesetzt, daß Jacob Löws Enkel sich als dessen Kinder betrachten dürfen.

Nicht weniger als acht Enkel sprechen ihm an seiner ›Jahrzeit‹ das heilige ›Kadisch‹ nach!

## Über tredition

### Eigenes Buch veröffentlichen

tredition wurde 2006 in Hamburg gegründet und hat seither mehrere tausend Buchtitel veröffentlicht. Autoren veröffentlichen in wenigen leichten Schritten gedruckte Bücher, e-Books und audio-Books. tredition hat das Ziel, die beste und fairste Veröffentlichungsmöglichkeit für Autoren zu bieten.

tredition wurde mit der Erkenntnis gegründet, dass nur etwa jedes 200. bei Verlagen eingereichte Manuskript veröffentlicht wird. Dabei hat jedes Buch seinen Markt, also seine Leser. tredition sorgt dafür, dass für jedes Buch die Leserschaft auch erreicht wird.

Im einzigartigen Literatur-Netzwerk von tredition bieten zahlreiche Literatur-Partner (das sind Lektoren, Übersetzer, Hörbuchsprecher und Illustratoren) ihre Dienstleistung an, um Manuskripte zu verbessern oder die Vielfalt zu erhöhen. Autoren vereinbaren direkt mit den Literatur-Partnern die Konditionen ihrer Zusammenarbeit und partizipieren gemeinsam am Erfolg des Buches.

Das gesamte Verlagsprogramm von tredition ist bei allen stationären Buchhandlungen und Online-Buchhändlern wie z. B. Amazon erhältlich. e-Books stehen bei den führenden Online-Portalen (z. B. iBookstore von Apple oder Kindle von Amazon) zum Verkauf.

Einfach leicht ein Buch veröffentlichen: **www.tredition.de**

## Eigene Buchreihe oder eigenen Verlag gründen

Seit 2009 bietet tredition sein Verlagskonzept auch als sogenanntes "White-Label" an. Das bedeutet, dass andere Unternehmen, Institutionen und Personen risikofrei und unkompliziert selbst zum Herausgeber von Büchern und Buchreihen unter eigener Marke werden können. tredition übernimmt dabei das komplette Herstellungs- und Distributionsrisiko.

Zahlreiche Zeitschriften-, Zeitungs- und Buchverlage, Universitäten, Forschungseinrichtungen u.v.m. nutzen diese Dienstleistung von tredition, um unter eigener Marke ohne Risiko Bücher zu verlegen.

Alle Informationen im Internet: **www.tredition.de/fuer-verlage**

tredition wurde mit mehreren Innovationspreisen ausgezeichnet, u. a. mit dem Webfuture Award und dem Innovationspreis der Buch Digitale.

tredition ist Mitglied im Börsenverein des Deutschen Buchhandels.

## Dieses Werk elektronisch lesen

Dieses Werk ist Teil der Gutenberg-DE Edition DVD. Diese enthält das komplette Archiv des Projekt Gutenberg-DE. Die DVD ist im Internet erhältlich auf **http://gutenbergshop.abc.de**

MIX

Papier | Fördert
gute Waldnutzung

FSC® C083411

Zeitfracht Medien GmbH
Ferdinand-Jühlke-Straße 7
99095 Erfurt, Deutschland
produktsicherheit@kolibri360.de